拝啓、百年先の世界のあなたへ

中原一也

キャラ文庫

この作品はフィクションです。
実在の人物・団体・事件などにはいっさい関係ありません。

目次

口絵・本文イラスト／笠井あゆみ

プロローグ

血も涙もない人だった。いや、彼は人ですらなかった。

耳に心地いいテノールで、彼は僕にこう言った——はじめまして、ご主人様。

僕が女性だったら、黄色い声をあげたかもしれない。獣神の鬣を思わせるプラチナブロンド。楽園の海のように澄んだ碧眼。背は高く態度は紳士的で、立ち姿は優雅だった。おとぎ話の中から出てきたと言われれば、信じたかもしれない。目の前に突然現れた彼は、一目見ただけで他人を魅了する不思議な雰囲気を纏っていた。

けれども染み一つない肌の秘密は、彼の見た目のように優しいだけのものではなかった。

人生を変えてしまうほどの大きな力を持っていたなんて、誰が想像しただろう。人当たりのよさそうな外見とは裏腹に、強烈に、僕に作用した。

彼には秘密があった。それらを共有し、同じ時を過ごしたことは忘れない。だから決めたのだ。彼への想いを形にしようと……。

それは、降り積もる雪だ。地面を覆い隠すほど散り乱れる桜だ。音もなく、だけど見る者を圧倒する嵩をもって僕の心を満たしていく。吐き出さなければ心が潰れてしまいそうだ。

二度と会えない人に恋文を書くように、僕は今日も自分の想いを綴る。彼が知ったら、届かない思いの丈を形にすることを喜んでくれただろう。彼に見て欲しい。彼の笑顔が見たい。決して叶わぬ願いだ。

ピン、ポン。

慎ましく、どこか古びた音で玄関のチャイムが来客を告げると、僕は手をとめて部屋を出ていった。廊下で床板が微かに軋む。築四十年以上の古い家は、あちこちガタがきていて歩くと小さな声をあげる。台風なんかの時は本当に大変だ。階段を下りたところで、引き戸の磨りガラスに人影が映っているのが見えた。背が低くて横幅のある丸っこい頭の人物と言えばあの人だ。心の準備をしなくても目を見て話せる数少ない人の一人。

僕はサンダルに足を突っ込んで玄関の扉を開けた。

「なつめちゃん、元気？」

「こんにちは。元気ですよ」

「はい、回覧板。それからこれ、この前旅行した時のお土産よ」

「いつもありがとうございます」

お隣の中野さんは旅行が趣味で、よくこうしてお土産を持ってきてくれる。子供の頃から知っていて、両親が他界した時も色々と世話になった。父さんの時は僕はまだ小さくてよく覚えてないけど、夫に先立たれて途方に暮れていた母さんの相談相手だったと聞いている。そんな母さんが僕が成人するのを見届けるように父さんと同じ病に冒された時は、僕や姉さんを力強く勇気づけてくれた。本物の家族のように、今も僕たち姉弟を可愛がってくれる。

人見知りすぎるうえに声が小さくて他人をイライラさせがちな僕を理解してくれているし、姉さんの恋人と玄関先で鉢合わせした時もあれこれ聞かずに「あら、いいじゃない」と受け入れてくれた。「あら」が口癖のいい人だ。

廊下の奥から猫の声が聞こえた。

「あら、きなこちゃん。こんにちは～。チビ丸ちゃんも」

茶トラのきなこが、のっしのっしと歩いてくる。その後ろには、子分のようについてくるサバトラのチビ丸もいた。仲良し二匹組。きなこは子猫の頃に拾って十二年以上飼ってるけど、チビ丸がうちに来たのは三年ほど前だ。空腹で震えていた時の姿は、今もよく覚えている。

「ごめんね～。今日はあのペーストのおやつ、持ってきてないのよ～」

頭を撫でられるきなこの横で、自分のことも撫でろとチビ丸が足に擦り寄っている。中野さんはきなこを抱っこしたが、すぐにその腕から逃れてトン、と床に降りた。そして、台所のほうへ向かう。チビ丸が尻尾をピンと立てて、トコトコとあとをついていった。お尻の穴が丸見えで思わず破顔する。

「あら、やっぱりおやつなしじゃ駄目ね」

「猫は抱っこが苦手な子が多いんですよ。僕も膝にはよく乗られるけど、抱っこはあまりさせてくれません」

「あら、そうなの？　おやつの時はあんなに甘えるのに、猫ってゲンキンよね～」

あはは、と声をあげ、中野さんはこう続けた。

「そういえばあのイケメンのお友達は元気？」

心臓がトクンと跳ねる。中野さんの言う彼が誰なのか、すぐにわかった。共通の知り合いは、そう多くはない。

「イギリスに帰って長いわよね。また日本に遊びにくればいいのに。あんなイケメン滅多にいないから会いたいわ～」

「そうですね。僕も会いたいです」

会いたい。

心に隠している想いをさりげなく口にし、少しも色褪（いろあ）せていないと思い知る。せめて時が慰めてくれればと思ったこともあったが、時間は解決してくれそうになかった。水彩画のような優しい記憶は淡い色合いとは裏腹に、大切だった時間が確かにあったことをはっきりと思い出させてくれる。

「連絡する時は、うちにも寄ってちょうだいって伝えて」

「はい、そうします」

「じゃあまたね～。お土産美味（おい）しいわよ～」

手を振りながら帰っていく中野さんを見送った僕は、いったん部屋に戻った。空のマグカップを台所に運んでお湯を沸かす。早速お土産を頂くことにした。

一人暮らしの僕が使っているペンギンの絵がついたペアのマグカップの片割れは、彼がここにいた証しだ。二つ並べるとペンギン同士が向き合ってキスをする。

あれからもう二年が経った。

彼のいなくなった世界でそんなに生きたのかと思うと、正直驚く。始めの一ヶ月は何をどうやって過ごしたのか、よく覚えていなかった。多分、死人みたいな顔をしていただろう。

夢のような経験だった。けれども決して夢ではない。現実の出来事。

思い出の品を眺めていたが、いつの間にかヤカンがシュンシュンと怒っていた。火をとめ、一人用のドリップパックをセットする。カップを二つ並べてコーヒーを淹れていた頃が懐かしい。今は僕と同じ独りぼっちで淡々とその役目を果たしている。

お湯を注ぐと、いい香りが部屋に広がった。湯気の向こうに見えるのは、僕と彼の過ごしたとてつもなく愛おしい日々だ。

1

荒くれ者の太陽が西の空に沈む頃、東の空に闇が静かに忍び寄る。次は自分の時間だとばかりに、音もなく、焼き尽くされた僕らの世界をその柔らかな衣で覆い尽くそうとしていた。それでも日中ジリジリと炙(あぶ)られたアスファルトは、熱気を吐き出し続けている。

闇と熱。逆の性質を持っていそうな者同士が共存する時間だ。

「……暑い」

週に五日のアルバイトを終えた僕は、玄関の前で額に浮かんだ汗を手の甲で拭った。バス停から徒歩十五分程度だというのに、背中もじっとりしている。早くシャワーを浴びたい。

両親が遺してくれた一軒家の古びたガラスの引き戸を開けると、玄関に籠もっていた熱気がここぞとばかりに溢(あふ)れてきた。空気を入れ換えようと、猫の脱走防止用網戸をセットしてから玄関を開放する。

「きなこー、ただいまー」

まだ二階で寝ているらしく、きなこは下りてこなかった。家の中が涼しくなるまで温度調整つきの猫ハウスから出て来ないのは、いつものことだ。僕は台所に直行して買ってきた食材を冷蔵庫に入れたあと、リビングの掃き出し窓を開けてこちらも網戸にした。

「はぁ、一週間やっと終わった」

月曜から金曜までみっちり働いた疲れをそんな言葉とともに吐き出し、週末の解放感を味わいながら庭を眺める。

子供の頃からずっと見ている馴染みの風景も、このところ少々荒れ気味だ。そろそろ草むしりをしないといけない。今週こそやるぞと密かに決心した僕は、風呂場で疲れを洗い流そうと踵を返した。そして、目に飛び込んできたものに息を呑む。

「――っ！」

僕の背後で、最後の力を振り絞るように蟬がジジッ、と鳴いた。断末魔を思わせるそれに不吉な予感を抱きながら、目の前に突然現れた男性にすっかり固まってしまう。

侵入者だ。

一人暮らしの家の中に自分以外の人間を見た時は、誰もがそう思うだろう。少なくとも友好的に「いらっしゃい」とは言わない。しかも、僕は極度の人見知りだ。ただし、いきなり「泥棒！」と叫ぶかどうかは相手による。

柔らかそうなプラチナブロンドは脱色ではなさそうだし、瞳がカラーコンタクトなんかではないのは、日本人離れした鼻筋や彫りの深さから想像できた。乳白色の肌はしっとりしていそうで長い首も綺麗だけど、女性的かと言うと違う。なめらかな色合いの肌の中でそこだけ突き出した硬そうな喉仏には、僕には備わっていない男性的な色香があった。細いけどしっかりした顎のラインも、大人の男性のそれだ。年齢は三十に届かないくらいだろうか。

どう見ても危害を加えそうにない人物が、ましてやこんな身なりのいい紳士が立っていたら、どうすべきか迷ってしまう。泥棒というのが勘違いだったらと思うと、そうそう騒げない。

僕は小心者でもあった。

「ハ、ハロー」

咄嗟に出た言葉はなんのひねりもないもので、己の平凡さに落胆する。

何がハローだ。やっぱり僕は面白味のないただの人で、その他大勢だ。いいや、違う。その他大勢にすら入らないかもしれない。こんな時に考えることじゃないけど、僕はこれまで散々思い知らされてきた自分の凡庸さを改めて感じて落ち込んだ。

だけど白いスーツに身を包んで靴を履いたまま廊下に立つ彼はイギリスの上流階級といった感じで、やっぱり他にかける言葉が見当たらないのだ。対人スキルが皆無に等しい僕には、それで精一杯だ。

目が合うと落ち着かず、すぐに逸らす。

「はじめまして、ご主人様」

耳に飛び込んできたのは、流暢な日本語だった。それが意外で顔を上げたが、また目が合い、俯く。床を凝視しながら彼の言葉を反芻した。

ご主人様。

僕の頭の中はクエスチョンマークでいっぱいになった。こんな王子様みたいな人に「ご主人様」と言われるような家には生まれていないのだけれども……。

「あ、あの……どなたですか？　その前に……どうしてうちにいるんですか？」

「一ツ木(ひとつぎ)なつめさんですね。わたしはキース。あなたの子孫の命令で未来から来ました」

「未来、から？　……へ？」

「百年ほど先の未来からタイムマシンで飛ばされてきたんです」

返事をしなかったのは、ますます意味がわからなくなったからだ。

確かに僕の名前は一ツ木なつめに違いない。僕の知らない男性が僕の名前を知っている——ただの泥棒ではないようだ。名前は表札に書かれてあるけど、名字だけだ。

いいや、騙(だま)されるな。郵便物を見れば本名くらいわかる。特に僕は両親が遺してくれたこの古びた一軒家に一人暮らしだ。恋人と同棲(どうせい)している姉さんの郵便物も時々紛れるけど名前は楓(ふう)子(こ)で、姉宛てのものを手にしても僕を楓子だとは思うまい。

つまり、フルネームを知っていることなど未来から来た裏づけには乏しい。やっぱり郵便物を見た泥棒だ。

「怖がらないでください。わたしはあなたを死の危険から護(まも)るために来たんです」

「死の危険って……」

もしかして――。

僕は有名な映画を思い出した。

つまり、未来では人間対ロボットの戦争が行われていて、僕の子孫が人間側のリーダーか何かで重要な役割を担っているというのだろう。戦争はロボット側が敗北。そこで人間側のリーダーが生まれないよう、先祖を殺すのだ。未来からやって来た最強兵器のようなロボットが僕の命を狙い、同じく未来から差し向けられた護衛とドンパチやる。

これは、精神疾患などが原因で妄想に取り憑かれている可能性が大きい。

「そ、そうだったんですね。だったら僕を護ってください。お願いします」

僕は相手を刺激しないよう話に乗った。

まずは病院に連れていき、専門家に見てもらったほうがいい。ただし、それは僕の役目じゃない。警察に連絡をして保護してもらうのが一番現実的だ。

僕はスマートフォンを捜して尻のポケットを触った。ない。しまった。さっき台所のテーブルに置いたんだった。すぐそこだけど取りにいくのを躊躇する。

背中を見せるなり、紳士が豹変して殺人鬼になるなんてことはないだろうか。

「あなたはもう一度小説を書くようになるんですよ」

「！」

息が止まった。心臓がドクドクと鳴り始める。見知らぬ彼が立っていたのを見た時よりも、

ずっと激しい動きだ。何か言おうとしたけど、言葉にならない。

この人は、何を言ってるんだろう。

「小説、あなたはもう一度書くようになります」

「……ど……して?」

かろうじて出てきた声は、震えていた。彼は微笑を浮かべている。

「ど、どど、どうして、僕のことを……知ってるか、わかりませんけど、そ、それはあり得ないです」

「あなたは将来、何度も直森賞にノミネートされる作家になるんですよ」

そんなはずはないと嗤い、時間差で理解した単語の意味に驚く。

「え?」

彼は先ほどと同じ表情で僕を見下ろしていた。目が合った瞬間、なんて綺麗な碧眼だろうと一瞬心を奪われ、そして我に返って目を逸らす。

甘い言葉になんか騙されたりしない。

「てっ、適当なことを言わないでください。どうしてそんな意地悪するんですか」

「意地悪?」

「だって、やっと辞める踏ん切りがついたところなんです。それなのに、未来から来たなんて嘘までついて、また期待を持たせるようなこと……そんなの、ひどいです」

語気が強まるのを感じた。奥歯を噛み締めずにはいられない。

「嘘も意地悪も言ってません。未来から来たから知っているんです。あなたは直森賞に何度もノミネートされます。ですが、若い時の無理が祟って躰を壊して夢半ばでお亡くなりに……」

ガツンと大きな石で頭を叩かれた気分だった。

賞にノミネートされると言われたかと思えば、次は亡くなる、だ。ついていけない。けれども彼はそんなことはお構いなしに話を続ける。

「遺作も候補になるほどのものでしたが、途中で終わっています。生きていれば、次こそ賞を取れたと誰もが口にするような作品でした」

やめろ。やめてくれ。

混乱どころの話ではなかった。百歩譲ってそれが本当だとしても、この人がなぜそんなことを教えに来るのか。理由がまったくわからない。

「そんなの信じられるわけがないじゃないですか」

「信じてもらわないことには話は進みません」

「じゃ、じゃ、じゃあ未来から来たって証明してください」

今の僕は、警戒心という針で覆われたヤマアラシと同じだった。毛を立てて威嚇することでしか自分の身を守れない。

もしかしたら、壺か何かを売りつける気かもしれない。死を回避するためにはこれが必要だとかあれが必要だとか。賞へのノミネートなんて明るい未来を餌に、その気にさせる。

そのうちお祈りを義務づけて、心を縛るのだ。僕をがんじがらめにする。きっとそうだ。彼につけいる隙を与えてはいけない。

「未来から来た証拠は、わたしです」

「自己申告じゃ証拠ってことには……、――っ」

言いかけた時、彼は少し前屈みになって右目を左手で摑んだ。大袈裟ではない。まさに、摑んだのだ。

「――ぅわぁぁぁあああああああっ！」

取り出した眼球を差し出され、僕は裏返った声をあげた。

「ひっ、……な、な、なに……っ、何っ、するん……っ」

手にした眼球から出ている視神経は、右目の空洞に繫がっている。

グロかった。いきなりこんなことをするなんて、心臓に悪すぎる。ホラー映画だ。王子様の姿を借りたサイコパスかもしれない。

「大丈夫。わたしはアンドロイドですから」

「あのっ、えっと……あの……っ」

確かに、血は出ていなかった。目玉は神経で繫がっているように見えるけど、どうやらカラフルなコードのようだ。王子様のような彼は、右目を左手に持つという容姿にそぐわない異様な姿でにっこりと笑う。

「この時代の技術ではここまで精巧には作れないでしょう。こうして会話ができるのもＡＩを搭載しているからです。どうです？　信じました？」

「信じます。信じます！　も、もういいから……戻してください」

「信じていただけてよかった」

彼はそう言って器用にコードを顔の空洞に戻しながら目玉をはめ込んだ。再び王子様のできあがりだ。それでも目玉を掴み出すなんて暴挙に恐怖は治まらず、心臓はバクバクと音を立てている。

「でも、未来から来たなんて……、わ……っ、だだ、だから……目は取り出さなくていいですから！　信じますけど、頭でわかってても……心がついてこないっていうか」

「心？」

「そう……です。頭と……心は違うんです」

いくらＡＩを搭載しているとはいえ、アンドロイドにこの感覚はわからないだろう。

彼は困った顔になった。本当に困ってはいないだろうが、理解できないことがあればそんな顔をするよう学んでいるのかもしれない。考え込むような仕草は、おそらくデータの処理中だ。

「それじゃあ触って確かめてみますか？　実際に触れたら理解しやすいと思いますよ」

スキンシップどころか会話でのコミュニケーションすらロクにできないのに、突然ハードルの高いことを言われて躊躇する。けれども彼は僕が触りやすいようにと、お辞儀の姿勢で頭を下げた。ただし、吸い込まれそうな碧眼は僕を捉えたままだ。

「ほら、どうぞ」

「じゃあ……遠慮なく」

彼の顔に手を伸ばした。ゴクリ。無意識に唾を呑んでいったん手を下ろす。

「あの……すみませんが、見ないでください」

「見ないでください？」

「あの……僕はあまり人と目を合わすことができないから、その……近すぎて」

「わかりました。社会不安障害なんですね。あなたの人物データになかったものですから。あなたの目は見ない。覚えておきます」

彼は目を伏せた。瞳が瞼(まぶた)の下に隠れても綺麗な顔だ。睫(まつげ)が長い。しかも金色のそれは輝いていて、大天使みたいだった。鼻はスッとしていて嫌みのない高さだ。ほどよく色づいた唇は血が通っていないのが不思議なくらい、みずみずしさに溢れている。

「どうしたんですか？　他に不都合が？」

「えっ、……あ……っと、……すみません、それじゃあ失礼します」

そっと手を伸ばして頬に触れてみた。人間だ。柔らかい肌は人間そのものだ。こうも精巧だと、彼が作り物だというのが逆に信じられなくなる。

けれどもよく見ると、人間との違いにも気づいた。何もかもが整っている。生きている人間だとしたら、肌に染み一つないなんておかしい。傷跡もなければそばかすもない。

「納得されましたか？」

「えっと……そうですね。とりあえずは……。目も取り出せることですし」

「では、本題に入りましょう。あなたは再び小説を書きます」

同じことを言われ、僕の心は迷子のように期待と不安の間をウロウロするしかなかった。未来から来た彼に直森賞を取るなんて言われたら、嬉しいに決まっている。でも、それを手放しに信じられるほどの勇気と自信は僕には残っていない。

また落胆するくらいなら、希望なんていらない。風船みたく膨らんだ夢と理想は、針でつつかれるより先に自らの大きさに耐えきれずパンッ、と弾けた。原型をとどめないくらいバラバラになった僕の残骸は、手が届かないものを求めた惨めさそのものだった。

二度とあんな気持ちになりたくない。

「そ、そんなの……信じられません。無理ですよ。もう書けないんです」

「でも未来にはあなたの作品が残ってます。そのうち書く気になるってことです」

「じゃあ、どんな作品が残ってるんですか？　候補になった作品はなんてタイトルで……」

「申し訳ありません。それは教えられません。わたしが教えることで、あなたの作品が変わるかも知れない。ともすれば未来まで」

ため息が出たのは、自分の輝かしい未来を証明してもらえなかったからだ。

　僕は彼の話を信じようとしているのだろうか。

「あなたの子孫は、才能ある自分の先祖が過労死によって作品を多く残せなかったことを憂えているのです。わたしに与えられたミッションは、あなたに無理をさせないこと。あなたの健康を管理し、直森賞を受賞されるのをこの目で見届けることです。どうかわたしに身の回りのお世話をさせてください」

　僕は答えなかった。やっぱり彼の話を信じるなんて無理だ。

　彼には申し訳ないけど、自分が再び筆を執るなんて今は考えられなかった。当時の自分を思い出しただけで、僕の心は濁流に呑み込まれたかのようになる。木も石も泥もみんなぐちゃぐちゃに合わさって、一斉に押し寄せてくるのだ。

「なぜそこまで頑なに拒むんです。将来は約束されてるんですよ？」

「それは……」

　言いかけて口を噤んだ。簡単には説明できない。

　あの頃の僕は、いつも気が休まらなかった。どうしようどうしようと、そんな言葉で心は埋め尽くされていたと思う。それから落胆。待ち望んでいた連絡を貰っても、最初の一言でどんなことを言われるかわかるのだ。だからもともと苦手な電話がさらに苦手になった。

『それがプロというものです』

　電話口で言われた言葉が耳元で聞こえた気がして、胃にもやもやとしたものが広がる。キリキリ痛むのではない。不快なものが胃の中を満たして吐きたくなる。

『納得できない時は何度でも書き直させますよ』

　僕を追いつめるように、さらなる記憶が蘇った。

　僕は逃げた。負けたのだ。風船が割れるみたいに僕の夢はバラバラになった。全部貼り合わせても、二度と膨らまない。いくら空気を送り込んでも、隙間から漏れてしまう。

　約束された未来を餌にされようが、僕がしぼんだままの風船だってことは変わらない。

　だって、未来は常に変わり続けるって言うじゃないか。彼だって今、僕が取った賞について教えることで、僕の作品が変わるかもしれない、未来が変わるかもしれないと言った。だったら、彼が送られたことで何か変化が起きるかもしれないじゃないか。

　彼のいた未来で僕の作品が評価されたからといって、ここにいる僕が未来で同じ評価を得られるとは限らない。

「どうかしましたか？」

　目眩がして、床が僕に迫ってくる。

　ぶつかる——そう思ったが、倒れる寸前に彼が僕を抱きとめてくれた。

「大丈夫ですか？」

　耳元で囁かれた声は、不思議と僕を落ち着かせてくれた。このくらいのことで倒れるなんてみっともない。情けなくなるが、彼の言葉は優しかった。

「すみません、ショックが大きかったようですね。急ぎすぎました」

横抱きにされ、二階へと運ばれる。僕は痩せているほうだけど、成人男性一人を横抱きにしてさして幅のない階段を軽々と上っていくなんてすごい。彼は本当にアンドロイドなのだ。目の前で眼球を取り出すのを見てもまだ現実だと実感できなかったのに、こんなところで彼が人間じゃないことを受け入れるなんて変なものだ。
ギ、と階段が軋んだ。すぐ目の前に彼の顔がある。僕は彼が前を向いているのをいいことに、下から観察していた。
ああ、下から見ても綺麗な人だ。


翌日、目を覚ますといい匂いが漂っていた。

夢？

しばらく見慣れた天井をぼんやり眺めていたが、下から聞こえてくる物音にのそのそと起き出してベッドから降りる。昨日はあれから部屋で休み、残り物で夕飯を済ませて風呂に入ったあと、きなこにご飯をあげて早めに床についた。

机の抽斗を覗いたけど、タイムマシンにはなっていない。では、彼はどうやって未来から来たのだろう。駄目だ。きっと興味なんて抱かないほうがいい。

僕は相変わらずの臆病さを発揮していた。軽くため息をついてから、一階へ下りていく。

台所に一歩入った僕の目に飛び込んできたのは、シンクの前に立つ昨日の彼だ。

「おはようございます、ご主人様。寝られましたか？」

「はい」

彼の存在に落胆する一方で、家に誰かがいることにどこかホッとしたのは我ながら驚いた。

彼はフライパンに油を敷いて温めながら、左手でボールに卵を割り入れている。

キッチンの隅を見ると、きなこの食器にカリカリの残骸があった。

「あの、きなこにご飯あげてくれたんですか？」

「はい。ご飯の時間を聞いてませんでしたが、お腹が空いていたようなので猫が狩りをする明け方の時間帯に与えました。それでよろしかったでしょうか？」

「あ、はい。食事は一日二回なので」

「そうでしたか。ではちょうどよかったんですね」

彼はにっこりと笑ってボールの中の卵を菜箸でかき混ぜ始めた。朝の爽やかな空気を小気味よいリズムでチャッチャと刻む。艶やかな卵液は、フライパンの上でジュッと音を立てた。

それまで放埒な踊り子のスカートみたいに自由だったそれは、あっという間に固まり、まとめられ、形勢されてふっくらと優しい姿に落ち着く。見事だ。

「あの……」

どうやって未来から来たのか聞こうとして、やめた。彼が現代の科学よりずっと先のテクノロジーを使って作られたのは明らかだ。タイムマシンのある場所なんか知ったら、過去へ行って自分の過ちを取り消したいなんて誘惑に駆られてしまうに違いない。

病弱で学校を休みがちだった僕に友達とのつき合い方を教えるスキルは今の僕にはないし、いじめっ子に目をつけられるきっかけだった学校でのお漏らしも、阻止したところでその場しのぎにしかならない。

「ところできなこちゃんは少々太り気味ですね。あの大きさだと、体重は四・五キロ未満に抑えておくべきでしょう」

「獣医さんにもよく言われます」

「それに比べて飼い主のあなたは痩せすぎです。朝ご飯はちゃんと食べないと、躰を壊しますよ。ほら、顔を洗ってきてください」

まだ戸惑いがあるものの、多少は慣れてきたのか今は落ち着いて彼と会話ができる。僕は言われたとおり洗面所へ向かった。顔を洗い、鏡の中の自分と向き合う。いつもの顔。

二十五にしては童顔だ。よく学生に間違えられる。目は一重で普通のサイズ。鼻も高くもなければ低くもない。唇は冬場にかさつくけど今は笑った時にパリッと割れることはない。

「……どうしよう」

彼がアンドロイドだというのは受け入れた。だから、警察に連れていって保護してもらうというのは選択肢から外す。つまり、僕がなんとかしなければならない。最初に心配したのは食費だったが、昨日の彼の話では食べる必要はないという。

「眼球がソーラーパネルって……」

未来の技術は僕の想像を遥かに超えていて、考えるよりすべて受け入れろという気分になっていた。昨日の彼の言葉を信じるなら、与えられたミッションをクリアするまで、未来には帰らないだろう。

つまり、僕が健康に歳を重ねて直森賞を受賞するまで傍にいる。

「そんな……気が遠くなるよ」

軽くため息をついて台所に向かった。テーブルの上には、すでに朝食の準備が整っている。

「すごい」

「あるもので作りました。この時代は常時本物の肉を使っているんですね」

「未来は違うんですか？」

「大豆などが原料の合成肉が多いです。昆虫由来のタンパク質の食材も。人道的観点から家畜の飼育は制限が多いですし、何より植物由来のものはヘルシーですから」

聞いたことがあった。人口が増えて将来は世界的な食糧難になると……。今でも昆虫食の開発は行われていて、唐揚げや素揚げにして食べている人たちがいる。栄養価が高くて、狭い場所でも大量に生産できる次世代の食料というわけだ。

「虫ってそのまんまの姿で食べるんじゃないんですね」

ふわふわのオムレッとトースト。ベーコン。カフェオレもついている。僕は顔の前で手を合わせて「いただきます」と言った。美味しそうな匂いだ。だけど目の前にいる彼の行儀よく座る姿に勢いがしぼんでしまう。

「あの……本当に食べなくていいんですか?」

「はい」

そうは言っても、まるでオアズケされた犬だ。しかも、血統書つきの毛足の長い高級な犬。

「食べる機能をつけてもらえばよかったのに」

「ついてますよ。少量ならエネルギーに変換できます」

バイオ燃料みたいなものなのだろうか。仕組みを聞くと、さすがアンドロイドだけあって流暢に専門用語を交えて説明してくれたが、途中からこんがらがってわけがわからなくなる。それでも、彼の話は興味深かった。

「なんだかすごい技術なんですね。食べていいんだったら一緒にどうですか? 自分だけってなんだか気が引けるし」

「アンドロイドはお腹は空かないので、気が引けるなんておかしいです」

「だから、頭でわかっていても心がついてこないっていうか。それに僕はみんながびっくりするほど小食なんです」

　おそらく僕の年齢から必要なカロリーを計算して作ったんだろうけど、この量は多すぎる。そう言うと、彼は皿を持ってきて二つに分けた。

「あの……キースさんは味ってわかるんですか？」

「はい。人間と同じかどうかは不明ですが、甘みや辛味など認識できます。塩分濃度などを測ることも」

　昨日僕に言われたからか、あれから彼とは一度も目が合っていなかった。優秀だ。おかげで昨日会ったばかりとは思えないほど、会話もスムーズにできる。相手が人間じゃないという思いが、どこかにあるからなのかもしれない。さすがの僕も、音声アシスト機能のようなもの相手に緊張したりはしない。

「美味しいって感覚は？」

「わたしにはまだその機能は備わってません。必要がないので食事もほとんどしませんし、そこまで色々なことを経験してないんですよ。でも、わたしより長く生きてるアンドロイドはわかると言ってました」

「へぇ、そうなんだ。キースさんも早く美味しいって感覚が持てるといいですね」

「どうしてです？」

「だって、食事は幸せな気分になれるから。僕はあまり量は食べないけど、美味しいものを食べたり、親しい人と食卓を囲んだりするのは楽しいです」

「なるほど、覚えておきます」

またインプットされた。彼のＡＩはこうやって日々学んでいくのだろう。

「好奇心が旺盛なんですね」

「え？」

「僕が不思議でたまらない。違いますか？」

「まぁ、そうですけど……」

「ご主人様。あなたは根っからの作家です。きっとまた小説を書くようになります」

僕は答えなかった。未来から来たアンドロイドを前にすれば、この程度の好奇心は当たり前だ。そんなふうに言ってその気にさせようとしても、再び小説と向き合う勇気は出ない。

その時、きなこが僕を慰めるように後ろ脚で立って僕の膝に前脚を乗せてきた。爪は立てず、膝を何度も掻(か)く。

きなこはバターをつけたパンが大好きなのだ。猫に人間の食べ物をあげちゃ駄目だけど、長生きのために摂生ばかりを強いるのもかわいそうだ。バターのたっぷりついた部分を手で千切る。

しかし、彼が僕を見ていた。目ではなく、僕の手が次にどう動くのか見張っている。

「えっと……」

「人間にとって小さな欠片も猫に取ってはそれ相応の大きさになります。おおよその体格差を考えると、そのパンの欠片は人間で言う大きめの一口でバターのカロリーを……」

「わ、わかりました。でも……あの」

「ちょっとだけですね。承知しました、ご主人様」

僕が何を言おうとしたのか察したようで、彼は口許に軽く笑みを浮かべて頷いた。

いや、察したというより蓄積したデータを分析した結果だろう。それまで人間と接してきて集めたデータと昨日からの僕の……ああ、面倒臭い。いちいちこんなことを考えてたらキリがない。彼の行動一つ一つを「AIが……」と変換していたら、こんがらがってしまう。『察した』でいいじゃないか。

僕は彼を人間だと思うことにした。

「それよりキースさん、敬語はやめませんか？　ご主人様って呼ぶのも」

きなこにパンの欠片をあげながら、昨日から思っていたことをやっと口にした。これからずっと同居するだろう。そんな相手と他人行儀なのは、きっと息がつまる。

「わかったよ。敬語は使わない。これでいいかい？」

「は、はい」

いきなりのタメ口に咄嗟に敬語が出てしまう。彼はさすがだ。スイッチを切り替えるみたいに違うことができる。

「キースさんは……」

「敬語をやめるなら呼び方も合わせたほうがいい。わたしのこともキースと呼んで」

急に親しげに振る舞う彼――キースに、僕は心がふわふわするようなどこか気恥ずかしいような気持ちになった。昔から友達は多くはない。もともと本ばかり読んでいて、人とどう接すればいいか学ぶことをおろそかにしたからだろう。虐められるようになってからは、さらに人見知りに拍車がかかった。

まるでずっと閉まっていた隣の家の窓が開いたみたいだ。今までの僕は、他人の多くは磨りガラスの向こうにいる人と同じだった。人の気配を感じていながらも、言葉を交わさない。僕に関心のない人は、物音は立てるけど僕と関わりを持とうとはしない。

けれども人影でしかなかった相手が、窓を開けて僕に話しかけてくる――やぁ、今日はいい天気だね。

隣人がどんな顔をしていたのか、初めて知るのだ。

「今日は仕事休みなんです。あ、休みなんだ」

「休みの日は何を？」

「買い物です。えっと、買い物、だよ。一週間分の食材をまとめ買いして、る」

「わざわざ買い物に行くんだね」

「はい。あ、うん。だから、その……つき合ってもらえる、かな？」

たどたどしい僕にキースは目を細めた。

「無理に敬語をやめなくていいんだよ。自然に敬語を使わなくなるよう親しくなろう」

「うん、そうだね」

やめなくていいと言われた途端、するりと言葉が出てくる。なんだかキースが不思議に見えてきた。魔法でもかけてくれたみたいだ。

朝食を食べ終えると、僕たちは買い物に出かけた。バスで二十分ほど行ったところにショッピングモールがある。近所のスーパーでもいいけど食材以外も買いたい時は足を伸ばす。

キースは昨日と同じスーツ姿で、僕はシャツとカーゴパンツだ。僕はキースに新しい服を買うと勝手に決めてしまっていた。

バス停でバスを待っていると、大学生ふうの女の子二人組があとからやってきた。楽しげに話していたけど、キースに気がついて表情を変える。やっぱり人目を引くようだ。

こんなイケメンと一緒なのが僕だなんて、なんだか申し訳なくて俯いた。キースが人間なら、冴（さ）えない僕と一緒で恥ずかしいと思ったかもしれない。

バスが来るとそれに乗り、彼女たちから見えないように後ろの席に座った。

「どうかした？」

「え？」

「表情筋が固まってる。それは緊張してるからだね」

「ぶ、分析しないで」

感情を読み取るのに顔の筋肉を見るなんて、ずるい。僕はそっぽを向いた。すると、キースはまた僕を分析する。

「怒ったね」

「もう、そうやって自分が持ってるデータと突き合わせるのはやめ……」

一瞬目が合った。ドキリとする。

「すまない。目を合わせてしまった」

アンドロイドでも失敗するなんて、びっくりだ。だけどそれ以上に僕を動揺させていたのは、目を逸らしたキースの「しまった」という表情があまりに素敵だったからだ。自分の失敗を恥ずかしいというように、少し頰が赤くなっている。

顔の色まで変わるなんて、すごい。

「あの……そんなに頑なに守らなくてもいいよ。あんまりたくさん見ないでって意味に受け取ってもらえばいいから」

「そうか。じゃあ、時々なら目を見て話せるんだね」

キースは嬉しそうに目を合わせてきた。

「頻度はどのくらいにしよう。十回に一回くらいかな。それとも五回に一回？」

「て、適当でいいよ」

「適当か。ランダムってことだね」

　奇妙な会話が続くが、なぜか疲れはしなかった。むしろなんだか楽しくなってきて、僕はワクワクと胸を躍らせていた。


　ショッピングモールは、人でごった返していた。その中でも頭一つ抜き出たキースは、すぐに注目の的だ。特に女性のチラ見が多い。

　まず僕たちは、キースの服を買いに向かった。背が高く、モデルのようなキースは何を着ても似合う。V字ネックのシンプルなシャツとスラックスだけでも、十分絵になる。靴も買った。

　それなりの出費だったが、意外にもキースはスーツのポケットに財布を持っている。

「あとで質屋に行こう。生活費も必要だろうからって持たせてくれたんだ」

　金貨だった。手渡されて思わず受け取ると、小さいのに結構重い。初めて見るそれには、楽器の絵が描かれてあって綺麗だった。金色に輝くそれは芸術的価値もありそうでプラチナブロンドのキースが持つに相応しい。それに比べて僕は和同開珎といったところだろうか。そんなことを言ったら和同開珎に叱られそうだけど。

「この時代だと一枚で十六万くらいになると思う」

「えっ、これ一枚でそんなにするの？」

驚きだった。気のせいだろうけど、先ほどよりもなんだか重く感じる。

「も、持ってて」

金貨を返すと服を着替えてもらい、スーパーで食材を買い込んで最後にペットショップに向かった。

餌は定期便を利用してるけど、太り気味と言われたのでおもちゃを買うことにする。

「どれがいいかな。えっと、またたび入りか……。ねぇ、キース。どっちが……」

売り場を物色していると、キースが何かをじっと見ていた。その視線の先には、小さな子供と母親がいる。エプロンをした女性店員が、奥から子猫を抱いて出てくるところだった。

「わぁ、かわいい！」

「お待たせしました。こちらがアビシニアンです。優しく撫でてあげてね」

店員に言われて、女の子は大事そうに子猫を受け取った。

「ママ、かわいい。あたしこの子が欲しい！」

「う～ん、そうね。でもお世話できるの？　猫ちゃんはぬいぐるみじゃないのよ。ウンチもオシッコもするの」

「できる！　絶対できる！」

微笑ましい光景だ。自然と顔がほころぶ。

けれども、彼女たちを見つめるキースの表情は違った。さすがアンドロイドと言いたくなるような冷たさすら感じる顔だ。バスの中では人間っぽい表情を見せてくれただけに、ギャップに驚く。どうしてそんな顔をするのだろう。

「あの……キース、どうかした？」

「この時代はまだ生体販売してるんだったね」

「え？」

「生体販売だよ。子猫や子犬を親から引き離して展示して売る。未来ではそういうのは全面禁止だから、ああいう光景は見たことがないんだ」

キースの声は店員の耳に届いたようだ。彼女がこちらを向く。

「なぜ禁止なのか知りたいかい？　展示されて売られている子の後ろには何匹もの『売り物にならなかった子』というのが存在するんだ。血統書つきはどうしても血が濃くなるから疾患も多いしね」

「ちょっと……」

彼を止めようとしたが、キースはまるで水族館なんかに設置されているボタンを押すと音声で説明してくれる装置みたいに、淡々と語り続けた。

「野菜なんかも規格というのがあって、売り物にならないと食べられるものでも廃棄されるだろう？　それと同じで、十分生きられるのに殺処分されるんだ。この時代はまだ法律が整備されていないから悪徳業者というのも存在していて、狭いケージに入れられて繰り返し妊娠させられる子もいる。子供を産めなくなったら余生を幸せにすごすなんてもちろんない」

僕は以前に見た大量に犬が山の中に遺棄されていたというニュースを思い出した。すっかり大人になったシーズーが、何十匹も段ボール箱に入れられていたのだ。しかも、外に逃げないよう箱は布テープで梱包されていた。雨で段ボール箱が濡れて犬が外に逃げ出さなければ、あのまま箱の中で餓死したかもしれない。

「それに、親から早く引き離すと問題行動を起こすことも多いんだ。それで捨てちゃう飼い主もいる。それでもああやって小さいうちから展示販売するのは、売れるからだ」

「あの、キース……」

「実際に抱っこすると欲しくなる。子供にねだらせるんだ。販売方法としては実に……」

「――キース！」

滅多に声を荒らげない僕でも、さすがに大声で叫ばずにはいられなかった。だけど遅い。すでに店内にいる人たちの注目が集まっている。

女性店員と母子が、しかめっ面で僕たちを見ていた。

「あたしいらない。猫ちゃんごめんなさい。店員さん、この子をママに返してあげて。お願い、ママのところに連れていってあげて」

女の子は子猫を店員に渡すと、堪えきれなくなったようで声をあげて泣き始めた。そして、嗚咽を漏らしながら母親に抱きつく。母親のほうもバツが悪そうな顔で店員に頭を下げた。

「抱っこさせてくださってありがとうございました。すみません、今はやめておきます」

　母親は子供を慰めるようにしながら店を出て行った。店員と目が合ったが、僕が逸らす前に彼女が先に視線を床に落とす。こんなことはめずらしい。

　彼女の表情は、怒っているというより罪悪感いっぱいといった感じだ。ペットショップで働くくらいだから動物は好きだろう。それなのにあんな話を聞かされたら、誰だって気分のいいものではない。

「行こうキース」

「どうしてだい？　きなこのおもちゃを……」

「いいんだ。とにかく出よう」

　僕はキースの腕を掴んでペットショップをあとにした。まさか面と向かってあんなことを言うなんて……。やっと普通の人間と同じような感覚になってきたのに、キースがどんなに優秀でもやっぱりアンドロイドだと思い知らされた。

「どうしたんだい？」

「どうしたも何も、ああいうふうに言っちゃ駄目だよ」

「わたしはただ説明を……」

「あれじゃあ店員さんを責めてるのと一緒だ。確かにキースは事実を言ったんだろうけど、悪いのは店員さんでもお客さんでもないんだし。だから、さっきみたいなことは口にしないで欲しいんだ。たとえ本当でも」

キースは眉根を寄せて僕を見ていた。またデータの処理中だろうか。

「すみません。わたしはまだ多くを学習してないんです。わたしのいた時代では人道的に動物を扱うだけでなく、アンドロイドにすらある程度の人権が与えられているんです。だから未来との違いを説明しようと……。これからあなたと一緒に暮らして少しずつデータが蓄積されれば、ご迷惑をおかけすることも減っていくかと」

いきなり敬語に戻り、寂しさのようなものを感じた。せっかく仲良くなれたと思ったのに、また距離ができてしまう。せっかくどんな顔をしているかわかったのに隣人は、僕の不用意な言葉に気分を害して再び磨りガラスの向こうに消えてしまった。

「お、怒ってないよ。ただ、こ、今後は気をつけてねって言ったんだ。だから……そんな顔しないで」

どう説明していいかわからず、しどろもどろになりながら説明した。お願いだから、もう一度窓を開けてほしい。開けて、顔を見せてほしい。そう願うと、キースの表情は柔らかくなる。

「そう、よかった。怒らせたのかと思ったよ」

言葉使いもすぐに戻り、安堵（あんど）した。

ペットショップでの小さな事件は、彼が『人ではない者』という認識を僕に植えつけた。どんなにそっくりでも、同じではない。勘違いしてはいけないと……。

　そう思えば、多少おかしな言動があってもきっと冷静に対処できる。

　それから僕たちは、ショッピングモールを出て再びバスに乗った。今日は天気がよく、窓から降り注ぐ日差しが心地よくて思わず居眠りしてしまう。キースがタイミングよく起こしてくれなければ、終点まで運ばれたかもしれない。

「キースのおかげで降り損なわずに済んだよ。ありが……、……あれ？」

　家に着いた僕は、玄関の鍵が開いていることに気づいた。

　そっと開けて中を覗くと、見慣れない女物の靴がある。あ、と思った時には、リビングから女性が出てきた。

「お帰り～」

　金髪に近いショートヘアと猫のように大きな目。僕とは見た目も性格も正反対の姉さんだ。バーテンダーをしている。

「姉さん、どうしたの？」

「あーちゃんと喧嘩（けんか）。頭冷やそうと思ってさ」

　あーちゃんとは姉さんの恋人だ。実家だからこういう時に突然帰ってくるのは特におかしなことではないけど、タイミングが悪すぎる。キースとは出会ったばかりで、彼を周りにどう説明しようかまだきちんと考えていない。

「で、そのイケメン誰？」

「キースです」

姉さんが聞きたかったのは多分名前じゃない。僕はキースをフォローした。

「友達だよ」

「友達っ！　あんたが！」

わかっている。僕が家に友達を連れてくるなんてほとんどなかった。姉さんは目を丸くしたまま僕とキースを交互に見比べる。どうして僕なんかにこんなイケメンの友達がいるのと考えているに違いなかった。

「どうしてあんたにこんなイケメンの友達がいるのっ？」

想像したとおりの台詞（せりふ）に、がっくりと肩を落とす。姉弟なのに、なぜこうも性格が違うのだろう。姉さんは気が強くてなんでもはっきり口にする。だけど虐められっ子の僕を悪ガキから護ってくれる優しい姉でもあった。虐めが悪質になってきた中学生の頃に引き籠もりにならずに済んだのは、姉さんがいたからだ。

「聞かないで」

「まさかあんたも……っ」

「ち、違うよ。そんなんじゃ」

僕たちの会話をにこやかな表情で見ているキースは「コーヒーを淹れてくる」と言って台所へ消えた。まるで自分の家のように振る舞う姿に、姉さんは完全に勘違いしたらしい。

「なるほどあんたもねぇ。ま、いいわ。よかったじゃない。家に遊びに来る友達ができたなんて喜ぶべきよ」

このまま誤解させておいたほうが面倒な説明がいらないと、僕は勘違いに乗ることにした。キースがアンドロイドだと知ったら、姉さんはきっと分解してみようと言うに決まってる。

「コーヒー淹れるの手伝ってくる」

そう言い残し、キースのもとへ向かった。ボロが出ないよう、多少の口裏合わせはしておきたい。

「ねぇ、キース。キースが一緒に住んでることは言っていいけど、ほとんどの家事をやってもらってるのは黙っておいて。自分にも貸せなんて言い出すから」

「わかったよ」

「えっと……それから、キースは僕の恋人ってことにしておいて。勘違いに乗ったほうが詮索されないから」

「そうか、未来から来たなんて言えないからね。それが自然だ」

僕たちがこそこそ話していたからか、姉さんはさらに誤解を深めたようだ。意味深な目を向けてくる。その視線に晒（さら）されながら二人でコーヒーを運び、姉さんの前に並んで座った。

「ありがと～。喧嘩したから棚のもの食べちゃった。ダイエット中だったのに完全にカロリーオーバーね。近所を走ってこようかな」

ダイエット中にしては、随分食べたものだ。リビングのテーブルには、空になったポテトチップスの袋とみたらし団子のパッケージがあった。

「袋菓子のカロリーはおおよそ336キロカロリーです。みたらし団子は三本入りですね。一本当たり120～150キロカロリー。テレビを見ながら食べていたと考えると運動で消費するカロリーはゼロで計算するとして、基礎代謝の消費カロリーは成人女性で1200キロカロリーです。今食べた分をランニングでなかったことにしたいなら……」

「ちょっと、なんなのあんた！」

予想通りの反応に、僕は頭を抱えた。怒るに決まってる。

「すみません。走ってこようとおっしゃったので、目安だけでも計算しようと」

「そんなに太ってないよって言ってほしかっただけよ。あんた見た目スマートな割に女心がわかってないのね。どうりでなつめと仲いいわけだわ。対人スキルに問題ありよ」

僕まで巻き添えを喰らってしまった。キースを肘で小突く。だけどキースは首を傾げただけだった。女心は人間の心の中でも一番難しい。

「ま、いいわ。なつめとお似合いよ。それよりこの家も随分ガタが来てるけどどーすんの？」

コーヒーを冷ましながら、姉は子供の頃からほとんど変わっていない部屋を見回した。

何が言いたいのかはわかる。相続したのは僕だけど、アルバイトしかしていない僕が一軒家を維持するのは簡単ではない。

「小説も諦めちゃってさ、せっかく賞をとってデビューしたのに。稲井小説新人賞だっけ？」

いきなり斬り込まれてコーヒーを熱いまま飲み込んでしまい、喉を火傷しそうだった。

「な、なんだよ急に」

「あたしは好きだよ、あんたの小説」

ドキリとした。姉さんが静かに何かを語る時は、真剣さが心を打つ。

「優しくて、思い遣りがあって……でも、それだけじゃない。残酷さもあって……あんた、訴えたいことがいっぱいあるでしょ。人間のいい部分と悪い部分、どっちも知ってる。あんたは他人にいっぱい傷つけられたから、痛みが分かるのよ」

嬉しかった。誰か一人でもそんなふうに言ってくれる人がいるだけで、救われる。キースも嬉しそうに姉さんを見ていた。

だけど、プロの小説として通じるかどうかは別の話だ。

「ありがとう。でも、それは姉さんが僕が虐められた時のことを知ってるから……頭の中で補足して読むからそう感じるんだよ。それに、デビューしただけで消えていく人なんて山ほどいるんだから」

「へぇ。あんたはその山ほどいる人の一人でいいんだ？　ふ〜ん。それで？　食品工場のバイトを一生続けるんだ。ま、他人と話さなくていいから安全だもんね～」

「食品工場のアルバイトも立派な仕事だよ。どんな仕事だって……」

「そんなことわかってるわよ。ふん、そうやってずっと逃げてりゃいいんじゃない？」

キースよりずっと厳しい言い方に、ぐうの音も出ない。

「大丈夫ですよ。そのうちまた小説を書くようになりますから」

「！」

当然、と言いたげなキースに姉さんはニヤリと笑った。

「あんたはなつめを信じてるんだ？」

「はい。信じてます」

「力強い味方ができたわね。ま、家も生きてる間なんとかもってくれりゃいいわよ。どうやら子供に財産を残す必要もなさそうだし」

「お姉さんは恋人とは結婚する予定はないんですか？」

「楓子でいいわよ。結婚する気はね、ないない。できない。なつめも望み薄とくればね～。あんたたち、つき合ってるのよね？」

「はい、そうです」

「ちょ……っ、キース……ッ」

確かに恋人ということにしておこうとは言ったけど、素直に認めていいとも言っていない。

だけどちゃんと説明しなかったのは僕だ。優秀だからこそ的確な指示が必要なのに、うっかりしていた。

「愛してるの？」

「もちろん、恋人ですから」

キースの整った顔がふいに近づいてきた。近くで見るとますます綺麗だ。長い睫の向こうの碧眼に息を呑む。果てしなく広がる空のようで、何もかも飲み込みそうな深い海のようでもある。

他人と目を合わせるのが苦手なはずの僕だけど、時々キースの瞳から目が離せなくなる。

ちゅ、と唇が音を立てた。

「――っ！　キ、キ、キースッ、なな、何を……っ」

「何ってキスだよ？」

「ちょっと！　恋人と喧嘩真っ最中の私の前でキスする⁉　信じられない！」

僕の心臓がドキン、ドキン、と大暴れを始める。騒ぐ姉さんの声は、なぜか遠くのほうで聞こえていた。

心臓って、こんなに大きな音を立てるものだったのか。

「あれ、駄目だったかい？」

「いや……その……駄目、っていうか……」

キースの唇は柔らかだった。しかも、触れた瞬間軽く吸われた。ロマンチックなバードキスに固まったまま、呆然(ぼうぜん)とする。

僕の……ファーストキス。

2

キースにファーストキスを奪われてから、早くも二十日ほどが過ぎていた。

僕はいまだにキースの唇の感覚を忘れられないでいた。相手はアンドロイドだからファーストキスと言っていいかわからないけど、ヒト型の相手とのキスは僕にとってやっぱりキスだった。きなこの額にチューするのとはわけが違う。

形のいいキースの唇も、僕を意識させるのに十分だった。食事の時に盗み見てしまう自分を、何度戒めただろうか……。

けれども当のキースはいたって普通で、僕一人がわたわたしている。キスなんてアンドロイドからすれば、単に唇同士をくっつけただけなんだろう。一人でドキドキしたり、時々夢に見て夜中に目を覚ましたりするなんて馬鹿馬鹿しい。

「た、ただいま」

アルバイトから帰ってきた僕は、リビングのソファーに座っているキースを見つけて声をかけた。いつもは新婚夫婦さながらにお風呂が先か食事が先か聞いてきて準備をするのに、今日は立ち上がりすらしない。

「何してるの？」

「あ、お帰り」

キースの膝には、きなこがいた。大きな躰はキースの膝には収まりきれず、腕でお尻を支えている。

「膝に乗って退かないんだ」

「あはは……。きなこはいつもそうだよ。どのくらいそうしてるの？」

「一時間くらいかな」

「え、一時間も？」

「だってかわいいから」

かわいいから。

きなこを見るキースの目には、慈しみが浮かんでいるように見えた。人間と同じように感じているのかは、わからない。ただ、このところキースは人間っぽいと思うことが増えてきた。ＡＩが学習したと考えるのが妥当だろうけど、キースの表情は人間そのもので僕は時々キースが未来から来たことをすっかり忘れてしまいそうになる。

しかも、出会ったばかりの頃は自分を「わたし」と言っていたのに、最近は「僕」に変わった。パソコンなど出荷時の設定があって自分用にカスタマイズしていくけど、それと似たようなものなんだろうか。

「なつめ、疲れただろう？　お風呂にする？　ご飯にする？」

「お腹空いたからご飯かな。キースはそのまま座ってて。今日は肉じゃが？」

「そうだよ」

「匂いでわかった。僕が並べるから一緒に食べよう。座ってて」

キースと二人で食卓を囲むのも、今や日常になっていた。しかも、仕事から帰ったあとの楽しみの一つだ。人づき合いの下手な僕が、家族以外の誰かと夕飯を食べながらたわいもない話をすることで疲れを癒やされるなんて、なんだか不思議だ。

僕は味噌汁と肉じゃがを温め、ご飯をよそい、小松菜の和え物を小鉢につぎ分けてテーブルに並べた。納豆ともずくもある。キースと食事をするようになって随分とたくさん食べるようになった。と言っても平均的な量だけど、恥ずかしいくらい小食だった僕にとって大きな変化だ。

「キース、準備できたよ」

「はーい。きなこ、もういいかい？　ほら」

きなこは何を言われてもでんと乗っていて動かなかった。キースは「ごめんね」と言いながらきなこの額にキスをして絨毯の上に下ろす。

「きなこもすっかりキースに慣れたね」

「喉を撫でてやるとすごく喜ぶんだ。猫のマッサージのツボも知ってるし」

「よくやってるあれ？　肩甲骨マッサージ……だっけ？」

「そう。未来でも君の子孫が猫を飼ってたから、猫関係のデータは揃ってる。猫好きなのは一ツ木家の血筋だね」

　血筋か。つまりは、僕は結婚して子供を作るんだ。

　今まで想像もしなかったけど、ふいにそれが現実のものとして僕の前に迫ってきた。キースを送り込んできた子孫がいるということは、つまりそういうことなのだ。

「どうかしたかい？」

「僕っていつか結婚……ううん。なんでもない」

　僕は慌てて首を横に振った。人見知りの僕がどんな女性と結婚するか、興味はある。けれども自分の未来なんて知りたくない。すでに重大なことを一つ知ってしまったのだ。

　もう一度小説を書き始め、直森賞にノミネートされるほどの作家になる――僕はキースの言葉を信じているんだろうか。

「それより、そろそろ一歩を踏み出していいんじゃないかい？」

「え……」

「知ってるよ。夜中に何してるか」

　まだ十分咀嚼していないまま、肉じゃがを飲み込んだ。ゴクリと大きな音がする。

「はい、お茶」

「あ、ありが……と」

　差し出された湯飲みを受け取って急いでお茶で流し込んだ。ホッと息をついたが、キースが僕をにこやかに見ているから尻が落ち着かない。

「なんで知ってるの？」

「見ちゃったから。一緒に暮らしてるんだよ。ばれないと思ったかい？」

　実を言うと、僕はまた小説を書き始めたのだ。キースにあんなことを言われて、書きかけの小説を完成させたいという気持ちになった。ガラクタと一緒に押し入れにしまっていたＵＳＢメモリをわざわざ探し出してまで、執筆を再開させたのだ。

　そして、いざ書き始めるととまらない。自分の中の世界を文字だけで表現することの楽しさに、取り憑かれてしまっている。気がつけば明け方近くになっている時もあって、最近は寝不足だ。

「まさか読んだの？」

「つい、ね……」

　誘惑に負けたみたいに言うけど、『つい』なんてことがアンドロイドにあるのだろうか。

「勝手に読むなんてひどいよ！　まだラストシーンを書いてない」

「でも面白かった。最後まで読みたい」

　なんてことを言うのだ。面白いなんて言われたら、嬉しいに決まってる。それが、たとえお世辞でも……。

僕はこのところのキースの変化に戸惑っていた。

キースは忖度(そんたく)なんて言葉とは無縁だった。ペットショップで売り物の子猫を見た時も、姉さんがダイエットの話をした時も、悪気なく事実を事実として口にした。

それなのにここ最近は本当に人間みたいで、作り物だということを忘れてしまう。

さっきはきなこがかわいくて一時間も同じ体勢で座っていたと言うし、誘惑に負けたみたいに『つい』なんて言葉を使う。もしかしたら、感情というものが生まれつつあるからじゃないかと思うのだ。

それを確かめる術(すべ)は僕にはないけれど……。

「あの……どこが面白かった？」

「まず、楓子(ふうこ)さんが言ったとおり優しかった。でも、読み進めていくうちにそれだけじゃないってわかる。人間が複雑な生き物だって、すごく感じたよ。いい人も悪い人も、それだけじゃないんだね。単純に計れない。だから興味が湧く」

僕の書いた小説について語るキースの目が生き生きしているように見えるのは、僕がそうあって欲しいと願っているからだろうか。

「それに謎の入れ方が上手(うま)い。ちょっとした謎が仕込まれてあって、これはどうなんだろう、あれはどういうことだろう、って思いながらどんどん先を読みたくなるんだ」

嬉しかった。僕が書かんとすることがすべて伝わっている。キースが有能だから、読み取る能力があるのかもしれない。だけど、だからこそ、最後まで書いたものを読んで欲しくなった。

「書いてるってことは、誰かに読んで欲しいんじゃないかい？」

そうだ。きっとキースの言うとおりだ。やめたはずだったのに、未練タラタラだ。それなのに、この期に及んで一歩を踏み出すのを躊躇（ためら）っている。

「どうしてもう一度小説家を目指さないのかい？」

「どうしてって……」

「夜中にこっそりだなんて、好きじゃなきゃできない。書くのが嫌いになったわけじゃないよね？」

好きだ。一度離れたからこそ、それがよくわかる。だけど、好きだけで続けられるほど僕は強くはなかった。あの頃のことを思い出すと、胸がもやもやしたもので満たされて苦しくなる。

吐き出せば、少しは楽になるだろうか。

「言ってみて。聞いてあげるから」

僕は迷った。一度口にしてしまえば、また心が引き籠もりになるかもしれない。分厚い殻の中に閉じこもって、出てこられなくなるかも……。

けれども見守るように僕を見つめるキースの目に、石のように硬くした握り拳から力を抜くことができそうだった。

僕はゆっくりと手を開き、頑なに握り締めて誰にも見せなかったそれをキースに差し出す。

「……駄目、だったんだ。僕は……担当さんの期待に……応えられなかった」

僕は誰にも言ったことのない胸のうちを語り始めた。


その頃、僕は受賞後第一作目の読み切り作品を書くべく、楢井書店という出版社の玉置さんとの打ち合わせを繰り返していた。

小説が読者のもとに届くまでは、まずプロットという骨格をまとめたものを担当編集者に見せ、意見を貰いながら修正をし、OKが出たら執筆に取りかかるという流れになっている。資料を集めたり読み込んだりするタイミングは作家によって違うが、完成した原稿は再び担当編集者が目を通し、改稿を重ねて完成させる。もちろんそこで終わりではなく、著者校正を行ったりするのだけど、受賞作が雑誌に掲載されただけの僕がわかるのはそこまでだ。書籍になると、表紙のデザインなどについて打ち合わせする作業が待っているだろう。

僕は最初のプロットでつまずいた。

『う〜ん、どうしてこう上手く行かないんだろうね。いまいちスケールが小さいというか』

その日は五度目の修正の返事が来る予定になっていて、朝から落ち着かなかった。夜の十時過ぎに電話が鳴って飛びついたが、第一声を聞いてすぐに答えがわかってしまう。落胆と不甲斐なさでいっぱいだったのは、言うまでもない。

けれども、自分の意見も伝えなければと苦手な自己主張をした。

全部受け入れる必要はないと言ってくれたのは、玉置さんだ。譲れないところがあればちゃんと言ってくれと、最初に念を押された。それが、作家の個性を大事にすることだとも……。

だから僕は、玉置さんのアドバイスを取り入れつつも、他の誰でもない僕の作品を書こうと必死だった。

「あの……でも、玉置さんが僕の小説は不必要な文章が多いから、それを整理すればこのくらい複雑な話でも読み切りに収められるって……」

『そうなんだけどね、いざプロットを見てみるとやっぱり長編向けというか、君の力で短く収めるのは難しいと思うんだ。一ツ木さんが言うことも一理あるし。それでね、今回変えてもらった部分を元に戻して、前回私が提案した主人公が猫を飼ってる設定を入れるのは駄目かな。主人公の相談役にするというか、一方的にだけど独り言を猫に向かって言うってのは面白いと思うんですよ。心情も描きやすいし。猫って流行ってるし、飼ってるから好きでしょ？』

「好きですけど……主人公は潔癖症の気があるし、そもそも猫を飼うタイプじゃ……」

『そこを上手く料理するのが作家です。新人のあなたは、まず読者に読みたいって思わせないといけない。だから、受けのいいものを上手く取り入れるのは当然のことなんだよ。少なくとも今のプロットじゃ駄目だ』

「そうですね、わかります」

『満足いくレベルのものを持ってきてくれるまでは、何度だってやり直させますよ』

もともと気の弱い僕の心は、彼の言葉に萎縮してしまっていた。アドバイスを取り入れて作り直してみるが、僕の力量不足のせいか上手く料理できない。

僕は彼の熱意が段々と苦痛になっていた。出されるアイデアは僕の作風とは違っていて、僕が書かなくてもいいんじゃないかという気持ちが湧いてくるのだ。一度そこに陥ると、彼の言葉を素直に聞けなくなる。まだ自分の本すら出してもらっていないぺーぺーのくせに生意気だと思いながらも、頭の隅では「無理だ」「それは僕の話じゃない」と否定している。

ゴールのある方角がわからない中で、必死で水を掻いているのと同じだ。玉置さんは「そっちじゃない」と言うけど、それすら信じられない。一時間近くやり取りしても、まったく進展しない。

『一ツ木さん、編集は敵じゃないんですよ?』

「も、もちろん承知してます……っ」

『あなたを売り出したいんです。だからしつこく何度も修正をお願いしてるんですよ。こっちも命を削る覚悟でやってますから。一ツ木さんも就職活動をしないまま卒業したのは、この道で食べていくと決めたからですよね。だから、ぜひ正式にデビューして欲しい』

「はい、……あ、ありがとうございます」

『じゃあ、もう一度修正お願いできますね？』

「……はい」

『柊(ひいらぎ)先生みたいに上手く流行り物を取り入れて、売れっ子さんになってください』

その名前に、僕は胃がギュッと締めつけられる気分だった。

柊しいなのペンネームですでに活動している椎名柊二(しいなしゅうじ)さんは、僕が大学の時に入っていた文芸サークルのOBだ。誰もが知る売れっ子作家で、時々サークルに顔を出しては後輩にアドバイスをしてくれた。僕も可愛(かわい)がってもらった一人で、大学三年の時に楢井書店が主催している『楢井小説新人賞』で賞を取った時は誰よりも喜んでくれた。大賞ではなかったけど、翌年に楢井書店発行の『小説あかつき』にも掲載された。

そこの編集者である玉置さんとたまたま知り合いだった椎名先輩は、僕をイチオシの作家として彼に紹介してくれたのだ。賞と言っても直森賞などの誰もが知っているようなものじゃない。担当がつかないまま雑誌掲載で終わることもあるらしく、先輩はそんな結果にならないよう僕のために口利きしてくれたのだ。

いくつか出すよう言われたプロットを提出して、最初の返事が来るまで七ヶ月。長い時間だったけど、佳作がやっとだった僕に担当がついたのは椎名先輩のおかげだ。途中で放り出したら大先輩を裏切るようで、なんとか仕事に繋(つな)げようと僕は必死だった。だけど、頑張れば頑張るほど裏目に出る。

『満足いくレベルのものを持ってきてくれるまでは、何度だってやり直させますよ』

あの言葉が、僕にある種の強迫観念を植えつけていた。

まるで賽の河原だ。アイデアを絞り出し、書きたい気持ちが湧き上がるまで積み上げても、これでは駄目だと作り上げたものを蹴散らされる。そんなふうに感じる自分も嫌だった。自分のために努力してくれている人がいるのに、いやいやながら彼の意見を聞いているのが申し訳なくて、だけど自分には嘘をつくことができなくて立ち止まってしまう。

そのうち、電話が来るのが怖くなった。どうせ今回もプロットは通らないだろうなんて考えながら、受話器を取るのだ。そして予想どおり、玉置さんの第一声は落胆の色が隠しきれていない。

期待外れの新人の相手をするのは、さぞ面倒だっただろう。実績なんて皆無なのに、譲れないなんて自己主張ばかりが強い僕は、ただの厄介者でしかなかった。


「結局、継続することを断ってしまったんだ」

キースは黙って僕の話を聞いていた。注がれる視線を、優しく慰めてくれる手のように感じる。だから、自分の中に隠していた過去を吐き出せたのかもしれない。

「自分からやめるって言ったのかい？」

「そうなんだ」

あれは何度目の電話だったろう。夜の九時頃にかかってきた電話は夜中の一時を過ぎ、電話の子機が充電切れを起こすまで続いても終わらなかった。彼の要求を呑むことができず「無理です」とだけ言った。受話器の向こうから聞こえてきたため息は、今も耳に残っている。

「それで、期待を裏切ったと思ってるわけだね」

「何度も書き直したんだ。それでも駄目だって言われて、でも譲れない部分もあって、それを守りながら書くにはどうしたらいいんだろうって考えて……考えすぎて……頭の中がぐちゃぐちゃになったんだ。書きたかった話も本当に書きたかったのかすらわからなくなって、自分が考えた話すら嫌いになった。僕には……才能がないんだよ」

あの頃のことを思い出すと、今も息ができなくなる。

最後に玉置さんが放った言葉が「本当にいいんですか?」だ。諦める僕を引き留めようとはせず、最後に意志の確認だけした。「はい」と返した僕に彼はひとこと「残念です」と……。

あれからずっと後悔ばかりしている。

「椎名先輩にもすごく叱られた。そうだよね。せっかく口利きしてくれたのに、あんな形で裏切ってしまって……面子丸潰れだ」

「だから、逃げ続けるのかい?」

「キースにはわかんないよ。心臓がドキドキして、手も震えるんだ。受話器を取って第一声を聞いたら結果がわかるんだ。こう……なんていうか、深刻というか『どうして何度指導しても改善できないんだろう』って、彼もほとほと困ってるのが伝わってくるっていうか」

期待されないことのつらさ。焦り。

玉置さんもさぞ放り出したかっただろう。僕が「やめます」と言った時の彼の言葉にどこかホッとした響きを感じたのは、気のせいではなかったはずだ。

僕と同じ時期に投稿していた最終選考の常連は、デビューしたりすでに二冊目の本を出したりしている。僕だけつまずいた場所から一ミリたりとも前に進んでいない。しぼんだままの風船だ。つぎはぎだらけのそれは、二度と膨らまない。

「でも面白かったよ」

「！」

「すごく面白かった。ファンになったよ」

ニッコリと笑うキースに、僕は呆気に取られた。もちろん、嬉しかった。だけど、それを鵜呑みにするほど純粋じゃない。

「あ、ありがとう。でも、それは……キースが素人だから……そう思うだけで……」

「読者は素人だよね？」

「そう。そうなんだけど、どんな作家にもファンはつくんだ。アマチュアにだって。でも、それじゃあプロにはなれないんだ。一人二人ファンがいるだけじゃ、仕事にならない。それに……キースの『面白かった』は、ひいき目だ。僕を知ってるから余計な感情が……」

「僕はアンドロイドだよ？　余計な感情が入ると思うかい？」

僕は口を噤（つぐ）んだ。

だって、最近の君は本当に人間っぽくて……。きなこのことだって、膝から下ろせなくて一時間座っていたじゃないか。それに、以前みたいに本当のことだからといってなんでもかんでも口にしなくなった。

「僕が持ってるデータによると、君の書く小説は人の心を揺さぶるような構成になってる。表現も独特だ。特に情景描写やそれに絡めた心理描写は過去の文学作品に通じるものがある。真似（まね）という意味ではなくってね……。ひいき目かどうか試してみよう」

「え？」

「だから試してみよう。僕以外の誰かに読んでもらうんだ」

そんなの、考えたこともなかった。あの日以来、僕の小説は誰にも読まれることのないものになってしまった。ＵＳＢメモリに保存されているただのデータに過ぎない。

だけど、本当はそれでいいと思っていなかった。誰かに読んで欲しい。それが本音だ。

目が合うと、キースは目を細めて笑った。

「普段の君は気が弱くて遠慮がちで、他人に合わせてしまう傾向にある。他人の目を見て話すのが苦手だ。それなのに、小説のことになると頑固なんだね」

顔から火が出た。すごく、恥ずかしい。

「な、な、な、何を……っ」

「だって、いつも譲りっぱなしの君が、『譲れない部分がある』って理由で担当と何度も打ち合わせしたんだろう？　相手の言いなりにならなかったから、苦しんだ」

「そう、だけど……」

「顔が真っ赤だよ」

「み、みみ……見ないで」

「どうしてだい？」

「だって、恥ずかしいから決まってるだろ……っ」

気弱そうなふりをして、実は我が儘だと言われたのと同じだ。自分でもわかっているだけに、いたたまれなくなる。

そうだ。僕はとても我が儘だ。他人の顔色を窺ってるくせに頑固で融通が利かなくて、よく意固地にもなる。だからいつも摩擦が起きてしまうのだ。

「どうしたんだい？　こっちを見て」

「い、嫌だ」

「どうして？」

「それはこっちの台詞だよ。どうしてそんなに顔を見たがるんだよ。見なくていいだろ？」

「なつめの顔が見たいから」

「──っ！」

いきなり『なつめ』だなんて反則だ。名前で僕を呼んだことなんかなかったのに……。

「ね。顔見せて」

「嫌だって！」

王子様のようにキラキラした笑顔で、僕のファーストキスを奪った唇でそんなことを言われたら、女の子じゃなくてもドキドキしてしまう。もう少し人間の感情について勉強して欲しい。まるで男を惑わす小悪魔な女の子を相手にしている気分で、僕は切にそう願わずにいられなかった。


来てしまった。

絵に描いたような青空の下で、僕の心だけがどんよりとしていた。朝から気が重く、立ち籠める憂鬱は今にも落涙寸前の分厚い雨雲のようだ。それでもなんとかここまで来られたのは、キースが傍(そば)にいてくれたからだ。

「大丈夫だよ、なつめ。僕がついてるから」

僕を下の名前で呼ぶようになったキースは、軽く背中に触れて勇気づけてくれた。

だけど、そう簡単に克服できない。僕の緊張はピークに達していた。楢井書店のビルは、僕を威圧するように立ちはだかっている。まるで魔王を前にした勇者だ——と言いたいところだけど、そんな立派なものではなかった。強敵に挑むような気持ちはなく、ひたすら逃げるチャンスを窺っている臆病者だ。多分、勇者一行の立ち寄った村にいる村人Dくらいだろう。逃げ回ることしかできない。しかも、真っ先に殺されるキャラだ。

あれから一ヶ月半が経っていた。

「やっぱり……無理だよ」

「せっかくアポイントを取って原稿まで送ったのに、帰るのかい？」

グッと息を呑んだ。そうだ、ここで逃げちゃいけない。

完成させた原稿を見てもらおうと、僕は再び玉置さんに連絡したのだ。僕が逃げた時、彼は「書く気になったらまた声をかけて」と言ってくれた。だからもう一度チャレンジするなら、彼に連絡しようとずっと思っていた。今回は彼の意見がまったく入っていない新しい原稿だけど、それでも気を悪くすることなく見てくれるというのでデータを送っていた。今日はその返事を貰う日だ。普通は電話なのだろうけど、改めて挨拶をしたいと言うと編集部に来ていいという。ありがたくて、昨日から何度心の中で拝んだだろうか。

「そうだよね。ここで逃げたら本当に終わっちゃうよね……うん」

僕は深呼吸した。フロアにある案内板には『株式会社　楢井書店』と書かれてあり、第一編集部、第二編集部、とフロアごとに分かれている。僕の行き先は第一編集部だった。

「大丈夫かい？」

キースの声に頷（うなず）こうとしたが、できなかった。まずい。こうなるとどんどん具合が悪くなってくる。

息も苦しい。この感覚は覚えがある。電話で打ち合わせをしていると、なぜか息が上手く吐けなくなってくるのだ。声が震えてきて、なんとかしなきゃと思ってしまい、焦りがさらに呼吸を困難にさせる。

「なつめ、具合が悪いのかい？」

「そ……、……っく、……っひ……く」

水圧の高い場所に沈められたみたいだった。

エントランスで立ち往生なんて、情けなくて笑える。笑えるけど現実の僕はそれどころじゃなくて、その場に座り込んでしまった。一度そうしてしまうと、膝に力が入らず立ち上がれなくなる。キースに背中を支えられながら、ほぼ仰向けの状態になっていた。

「なつめっ」

「どうかしたんですか？」

若い男性の声が耳に飛び込んでくる。見ると、細身の青年が僕を覗（のぞ）き込んでいた。大丈夫と言いたいのに言葉にならない。キースが事情を説明するのを、ガラス一枚隔てたところから眺めているような感覚で見ていた。

「過呼吸ならビニール袋って聞くけど」

「持ってますか？」

「いや、さすがに……、でも調達できるかも」

苦しい。なぜ息ができないんだろう。もう帰りたい。

また逃げたいだなんて、自分の負け犬根性に呆れた。ちっとも成長していない。どうして僕はこうなんだろう。僕を助けようとしている人を下から眺めながら、ただ情けなさに打ちひしがれる。

「あ、加村さん？　俺です。今ロビーにいるんだけど……」

僕が聞き取れたのはそこまでだった。視界が暗くなり、気が遠くなってきてどこかに沈んでいく感覚すらあった。

満足いくレベルのものを持ってきてくれるまでは、何度だってやり直させますよ。

ふいにその言葉が頭の中で再生された。僕の周りを原稿用紙が舞う。僕はパソコンで小説を書いているから原稿用紙なんて使わないのに、おかしなものだ。

何度だって書き直させますよ。何度だって。何度だって。何度だって。

トゥルルルル……。

電話の呼び出し音に、僕の躰は弾かれたようにビクンとなった。視線の先には、白い天井が広がっている。ここはどこだろう。右、左とゆっくり視線を動かして状況を把握する。

パーティションで仕切られたところに、僕は寝かされていた。椅子を集めて作った簡易ベッドの上だ。すぐ近くにキースが座っている。パーティションの向こうでは、電話が鳴っていて、それを取る女性の声が聞こえてきた。「はい、楢井書店です」

出版社だ。僕は編集部の中にいるのだ。でも、どうして。

「大丈夫かい？」

僕が目を覚ましたことに気づいたキースが、心配そうな顔で聞いてきた。

「過呼吸で倒れたんだよ。ちょうど編集部に用があって来た人が声をかけてくれて、ここで休ませてもらったんだ」

「えっと……約束の時間……っ、わ、嘘……っ」

アポイントの時間はとうに過ぎていた。自分から頼んでおいて、時間に遅れるなんて非常識だ。僕はなんてみっともないんだろう。

「待ち合わせのことは心配しなくていいよ」

「でも……」

「あ、よかった。目が覚めたんですね」

パーティションの間からメガネをかけた四十代半ばの男性が顔を覗かせた。慌てて立ち上がって頭を下げる。

「はいっ、あの……っ、すみませんでした。ご迷惑をおかけして……っ」

「いいえ。気分はどうですか?」

「はい、もう大丈夫です。休ませて頂きありがとうございました」

優しげな彼は加村と名乗った。編集部の人らしい。玉置さんにアポイントを取って来たと言うと、すでに知っていた。キースがある程度説明してくれたようだ。

「玉置は出かけてまして、伝言をことづかっているんです」

「伝言……?」

「まぁ、座ってください」

テーブルのほうへ促され、移動する。加村さんが誰かに向かってコーヒーを持ってくるよう言った。こういう時、平然と座っていていいのかわからない。お礼はコーヒーが出てきた時に言うのがいいだろうけど、それまでの空気が僕は苦手だ。

ああ、そうだ。どうぞお構いなく、だ。そう言えばいいんだ。

ようやく気づいたけど、言うタイミングをすっかり逃した僕はますますいたたまれなくなって俯(うつむ)いたまま椅子に座った。

「あの……」

「『棗(なつめ)いつき』のペンネームで活動されてるんですね。覚えてますよ。うちの新人賞で賞を取られたことがおありですよね」

「は、はい。それは……えっと……お世話に、なって……ます」

「玉置からの伝言ですが、今回は残念ながら採用するレベルには達していないと……。細かい内容については、後日メールで書評を送らせていただくと申しておりました」

やっぱり……。

僕は落胆した。駄目だった。いつの間にか僕は期待していた。キースの言葉を信じていたのだ。けれども、結果は同じだった。

「編集部にまで来ていただいたのですから、本来なら玉置が直接お伝えすべきなのですが」

「そんなことないです。すみません、僕が遅れたから」

「いえ、朝から出てるのでそれは関係ないんです。わざわざお越し頂いたのに、こちらこそ申し訳ありません」

深々と頭を下げられて恐縮した。どうしていいかわからず下を向いて硬直してしまう。いい歳してとっさに大人の対応ができなくて恥ずかしかった。

「それで、玉置にお送りいただいた原稿を私のほうでも拝見しようかと思います」

「はい。……え？」

僕は思わず顔を上げた。加村さんの笑顔が目に飛び込んでくる。反射的に目を逸らすのは僕の悪い癖だ。今のはきっとすごく失礼な態度だった。でも、もう一度目を合わせようとしてもどうしても加村さんを捉えることはできない。

玉置さんが不採用と言った原稿を読んでくれるなんて、どういうことだろう。

「本来は他の担当のところに持ち込まれた原稿を横から奪うみたいな真似はしないいんですが、彼が採用のレベルに達してないなんてあり得ない、もう一人別の人に読んでもらえないかとおっしゃるものですから。それで駄目なら諦めますってね」

「彼？　えっ、キース……えっ、ちょっと、そんなこと言ったの？」

「駄目だったかい？」

「駄目もなにも……っ」

僕は頭を抱えた。倒れただけでも迷惑なのに、一度不採用と言われた原稿を読んでくれだなんてルール違反もいいところだ。僕が謝罪すると、加村さんはなんでもないことのように笑う。

「そんなに恐縮されないでください。実は棗先生がうちで新人賞を取られた作品は覚えてるんですよ。『みんなの月』というかわいいタイトルで、自然から生気を吸い取って生きる不思議な少年と主人公、そしてその友達の話でしたよね。みんなそれぞれ家庭に問題があって」

そうだ。『みんなの月』は僕が唯一、雑誌という媒体で発表できた作品だ。失われる自然と、それを護(まも)ろうと約束した子供たち。そして、大人になるにつれて変わっていく彼らの姿を描いた。

「独特の情景描写と心理描写が絡み合って、美しかった。人間の欲についても書かれていて、美しいものばかりじゃないってところも好きです。すれ違い始める主人公たちの気持ちも、読んでいて切なかった。今回の作品は玉置の机にプリントアウトしたものがあったのでさっき冒頭だけ拝読しましたが、最後まで読んでみたくなりましてね。彼の熱意ってことにすれば、玉置にも言い訳が立ちますし」

「めっちゃ必死で彼の原稿は最高だから読んでくれって……もうすごかったよ」

突然、若い男性がパーティションの間からピョコッと顔を覗かせた。ロビーで声をかけてきてくれた人だ。

「ど～ぞ～、コーヒー持ってきましたよ～」

「わ、すみません、先生。先生に運ばせるなんて……っ」

「俺が持っていくって無理に奪い取ったの。だって面白そうな話してるから混ぜてもらおうと思って」

彼は人懐こそうな人だった。痩せていて身長も僕と同じくらいだ。長袖シャツとボサボサの髪。外国のパンクバンドにいそうだった。よく見ると色白で首が細くて、不思議な雰囲気がある。人間っぽくないというか、少年のような振る舞いとは裏腹に仙人みたいな達観した雰囲気を纏(まと)っている。

それなのに、生きる強さを感じた。内に秘めた何か――怒りなのか、情熱なのかわからないけど――強い意志の塊みたいなものを抱えている。

「あ、あの……っ、先ほどは……あ、あ、ありっがとう、ございましたっ」

礼くらいまともに言えないのかと、顔を真っ赤にしながら頭を下げた。恥ずかしくて顔を上げられないでいると、加村さんが「まぁまぁ」と言いながら座るよう僕を促す。コーヒーを持ってきてくれた彼も、ニコニコ笑いながら彼は加村さんの隣に腰を下ろした。

「先生はどうして同席するんです？」

「え、駄目？」

どこかで見たことがある人だった。年齢的には僕より若いから、大学の関係者じゃなさそうだし、どこで見たんだろう。

特徴的な目。大きいがクリクリしているのではなく横長で、神秘的とすら感じる奥二重だ。中性的な雰囲気で耳にピアスをしている。ヴィジュアル系のバンドマンが取材で編集部に来たという感じだけど、先生と呼ばれているからには小説家だろう。

小説家、と繰り返し、やっとその正体がわかる。

「ままっ、真島宏忠（まじまひろただ）先生……っ⁉」

ガタンッ、と僕が座っていた椅子が音を立てた。

現役高校生の時に文学賞を受賞した人だ。あれからそう経ってない。今は二十歳かそこらだろう。

「真島宏忠？　ああ、なつめの本棚にあったね。『緋色（ひいろ）の人』とか『嗤（わら）う善意』とか『天使は

本当にいたのか』とか。一番読み込まれてたのが『錆びた庭』だった。あれは表紙のすれ方から何十回も読んでるよね」

ぎゃ、と声をあげなかった自分を褒めてやりたかった。最近は前みたいになんでもかんでも事実を口にはしなくなったから安心していたけど、暴露されて恥ずかしくなる。熱烈に好きだなんて、本人の前で言われたらどんな顔をしたらいいのかわからない。

「俺の本全部読んでくれたんだ？」

「は、はいっ。拝読しました。あの……っ、全部面白かったです！　読んだあとはいつも余韻に浸ってしまいます。すごく……ファン、です」

「ほんと？　やったー、嬉しいな。俺も『みんなの月』は読んだよ。献本で雑誌貰ってたから覚えてる」

「ええっ⁉　あの……、あの……っ」

「最後、主人公がテロ起こすって決めるところ、グッときた。あれ長編向けだったんじゃないの？　俺が編集ならあれ書き直させて本にするけど」

まさかこんな社交的な人だなんて意外だった。しかも、文章とはかけ離れた若者言葉を遣っている。

作風から内にこもっているタイプで、無口で常に難しい顔で何か考え事をしているような人だと勝手に思っていた。目を離すとすぐにいなくなってしまいそうな、どこか病的な部分を抱えていそうなイメージすらあったのだ。

「ねー、俺のファンならなおさら今日持ってきた原稿俺も読みたい」

「駄目ですよ、編集部に持ち込みされた小説を他の作家さんに読ませるわけにはいきません」

「えーなんで、ケチ。別にネタを盗もうとか思ってないよ」

「先生がネタを盗むと疑ってるわけではありません」

「ねーねー、読ませてよ。その人が滅茶苦茶面白いって言うから読みたくなった。熱意がすごかったっていうか、読んだ人をそこまで熱くする小説って興味あるじゃん？」

「だから駄目ですって」

加村さんは取り合わないが、真島先生は子供のように目を輝かせている。この人は本当にキースの熱意を見て、純粋に読みたくなったのだろう。邪気のない好奇心。それが伝わってくる。

「本人がいいって言うならいいでしょ？　ねぇ、棗先生、俺にも読ませて」

「いえ、僕はそんな……っ、先生に読んで頂くほどのものじゃ……」

「へぇ、その程度のもんを持ってきたんだ？」

「ちょ……っ、真島先生っ」

加村さんが慌てて制する。

ナイフを突き立てられた気分だった。笑っているが、はっきりとした言い方は明らかに僕の愚かさを指摘していた。何も言葉が出てこない。

「あ、ごめん。意地悪だった？」

一見社交的で明るいけど、この人の中には凡人には計れない何かがある。だから、彼の小説は面白いのだ。深く人の心に刺さるものを、僕は持っているのだろうか。

僕は、僕とは雲泥の差の才能の塊のような人を前になぜか小説を書きたいという気持ちが湧いてくるのを感じた。追いつくどころか、背中も見えないほど先を行く相手だ。どうしてこんな話が思いつくんだろうといつも感心する。あまりの差に嫉妬心を抱く気にすらならない。

それなのに、刺激されている。彼の才能を羨ましく思うのと同時に、彼のように読む人を夢中にさせる作家になりたいという気持ちが抑えられない。

蠟(ろう)の翼を得たイカロスは、思い上がるあまり太陽に近づきすぎて死んでしまった。僕のような凡人が彼の傍に行きたいと思ったら、イカロスみたいになるだろうか。

「謙遜は美徳って言うけど、俺らの商売では駄目だよ。自信がなくても、表面上は『俺様の小説は最高だ』って顔しとかないと」

「せ、先生もそうなんですか？」

「さぁ、どうだかね〜。ただ一つはっきりしてるのは、僕なんかの小説を読んで頂くなんておこがましいです、なんて言っちゃったら読んでもらえないってこと」

「それは心とは違うことを口にすべき時もあるという意味ですよね」

キースが真島先生に問いかけた。真剣な表情だ。またキースが学んでいる。人間の本音と建て前について、搭載されたＡＩが学習しているのだ。

「そう。心の中のものを吐き出すべき時と、そうじゃない時がある。場面によっても相手によっても違うんだ。わかる？」

「勉強します」

「あはは。勉強します、か。そのイケメンさん変わってるね。俺、二人が気に入った。よかったらライン交換しない？」

「えっ、――ぇえ……っ！」

「駄目？」

「いやっ、いいです。だだ、大歓迎ですっ」

僕は慌ててスマートフォンを取り出した。手元が狂って床に落としてしまい、笑われる。ドキドキしながら画面を操作していたが、捜しているものがなくて現実に返る。

「ラ、ラインって……アプリ入れないといけないんでしたっけ？」

「ダウンロードしてないの？」

「は、はい。友達が……いないから。あの……どうやれば……」

また笑われた。

「貸して」

手を出され、素直にスマートフォンを渡す。信じられなかった。

「名前、何で登録する？　ペンネーム？　本名？」

「じゃあ……ペンネームで。棗いつきの『棗』でお願いします」

「俺は本名だから、真島で入れとくね」

目の前で、あの真島宏忠が僕のスマートフォンにラインアプリをダウンロードしてくれている。少し前なら考えられないことだ。操作する指は長くて、この指が僕も好きな彼の世界を小説として世に送り出しているのだと思うとドキドキした。

キースが来てから、僕の人生はどんどんいい方に転がっている気がする。


「へ～、それで担当がついたんだ？」

信じられない出来事から、早くも二週間が過ぎていた。

今日も恋人と喧嘩（けんか）をした姉が家に来て、キースの手料理を食べたあとリビングでテレビを見ている。本当に喧嘩だろうか。むしろ目的はキースの料理のような気がする。だけど今の僕には、姉の目的が何かというのは大きな問題ではなかった。

キースは僕の救世主だ。あの時キースが熱烈に僕の原稿を読んでくれと頼んでくれなかったら、不採用のまま終わっていた。過呼吸を起こして迷惑をかけてしまったけど、僕にとってはいい結果となった。

「加村さんって人が僕の作品を気に入ってくれて、ぜひ自分が担当したいって。まずは『小説あかつき』に読み切りでの掲載を目指して改稿することになったんだ」

「へぇ、約束すっぽかした玉置って編集は採用するレベルじゃないって言ったんでしょ？　そいつ、もともと見る目なかったんじゃない？」

「そんなことないよ。ただ、評価は人それぞれだから、指導するに値するかどうかの基準が違うだけで……」

「僕は加村さんの評価を支持するな。なつめの作品は素晴らしいよ」

「キースのおかげだ。あそこで諦めて帰ったら終わってた」

コーヒーを運んできたキースは、僕が喜ぶようなことを口にした。ペンギンの絵のついたお揃いのマグカップは、今日姉さんが僕たちにと買ってきてくれたものだ。二つ並べるとキスをしている絵柄になる。

「どうぞ」

「ありがと～。食後のコーヒーまで出てくるなんて最高ね」

子供の頃はよく僕をこき使ってくれた姉さんは、キースという執事のような存在がいるこの実家が居心地がよくて仕方ないらしい。やっぱり恋人との喧嘩は口実に違いない。

意味深に笑う姉さんの前でこれを二人で使うのか——キスするペンギンの片割れに手を伸ば

しながら、僕は確信した。絶対に面白がっている。

「ねぇ、そこまでなつめを応援するのってさ、なつめのことが好きだから？」

「好き？」

「恋人なんでしょ？」

「はい、恋人です」

ん、とキスの顔で唇を近づけてくるキースに、僕は思わず手のひらを外側にして自分の唇を押さえた。指にキースの唇が押し当てられた瞬間、ゾクッとする。キスを阻止したつもりが愛撫されたみたいだ。キースは「あれ？」という顔で僕を見る。

「ひ、人前ではしないんだよ」

「そうなのかい？」

危うくまた姉さんの前でキスをするところだった。姉さんは僕の前でも平気で恋人とキスができる性格だからいいけど、僕には無理だ。

「らぶらぶでよかったわね～。ああ、もう。またヤケ喰いに走るじゃないの。怖くて体重計に乗れないわ。これ以上太ったらまずいのに」

「全然太ってませんよ」

キースは姉さんの目の前にデザートを出しながら、サラリと言った。

ほら、やっぱりだ。このところ、キースの変化が著しい。

多分、今のはお世辞だろう。今までのキースならカロリーがどうとか平均体重がどうとか、そんな分析をしてデータをもとに話をするところだ。本当に太りたくないなら、ウォーキング何分、効率的なカロリー消費には何をどうすればいいかなど滔々と語ったはずだ。

昔から太ると顔に肉がつく姉は、実際以上に体重の増減が見て取れる。誰もが気づく明らかな変化がキースにわからないはずがない。

彼は日々進化しているのだ。僕も進化したい。

「嘘ね」

白々しい、とばかりの言葉を浴びせられ、キースの動きが止まった。こういう時の対処法はまだ学んでないらしい。

「あんたね、嘘が下手。何その感情の籠もらない『太ってませんよ』は。むしろ腹が立ってくるんだけど！」

「すみません、勉強します」

ここで認めたら駄目だろう。対人スキルが低い僕にも、それくらいはわかる。

「いいわよ。お世辞言えるようになっただけマシよね。この前はほんと、憎たらしいくらい正直だったもの。それよりあんた大丈夫なの？　こてんぱんにやられて逃げるように小説やめたのに、また壁にぶつかったらどーすんの？」

先日会った時には小説を辞めて本当によかったのかなんて聞いてきたくせに、今度はプレッシャーを与える。僕には頼りになる存在だけど、時々厳しい。

「……頑張る、よ」

正直、自信はなかった。今も怖い。

この前持っていった原稿は面白いと言ってくれたけど完成度はまだまだで、たくさんのアドバイスを貰った。どこが駄目なのかわかったけど、どう修正すればいいかはこれから試行錯誤することになる。何度やっても上手く改稿できなくて同じことを繰り返すかもしれない。

あの時みたいに、頭の中がぐちゃぐちゃになって一歩も動けなくなったら――。

「大丈夫だよ。きっと上手く行く」

僕の不安を表情から感じ取ったのか、キースが慰めてくれた。立ち籠めようとしていた不安が、風に流される雲のようにどこかへ消える。心に広がっているのは青空とは言いがたいけど、それでもまだぶち当たってもない壁の存在に怯(おび)えて身構えるなんて馬鹿みたいだ。

そんなふうに思えるようになったのは、進歩だった。

「ま、へこんだらやさ～しく慰めてもらえば？　カレシに」

姉はリモコンをテレビに向けて次々とチャンネルを変えながら、僕たちに意味深な視線を送ってきた。その言葉の裏にどんな意味が隠れているか、僕にだってわかる。だけどキースは違うみたいだ。なんとか理解しようと考え込んでいる。

「やさ～しく慰めるとは？」

「キスでもすりゃいいんじゃないの？　あと、欲望のままに激しく貪り合うとかね。あれ結構効くのよ〜。朝まで獣になると親密度も上がるし」

「朝まで獣に？」

「ちょっと、キースに変なこと言わないでよ！」

「なんで？　世間知らずの箱入り息子みたいに顔真っ赤にしてるんじゃないわよ。二十五にもなって……、……あ」

姉はポケットを探るとスマートフォンを取り出した。画面を見る目は、どこか優しげだ。

「ライン入った。とりあえず帰るわ」

「バス停まで送ります。女性の一人歩きは危険ですから」

「あ、大丈夫。すぐ近くまで迎えに来てるって。それよりなつめがへこんだら野獣のように慰めてやってね〜」

「ちょっと、もうやめてってば！」

「あはははは。照れることないじゃない。野獣よ、野獣。野獣になるのよ〜」

言うだけ言って、姉さんは帰っていった。最後に爆弾でも置いていかれたみたいで、キースをまともに見ることができない。そっと盗み見ると、目が合った。すぐ逸らす。

「キ、キース、姉さんの発言は気にしなくていいから」

「欲望ってどんなものだい？」

「え？」

「欲望が何かは知ってる。欲しがる気持ちだ。足りないものを補おうとする気持ち。自分をよりよい状態に置こうとする気持ちのことも言う。楓子さんはどういう意味で言ったんだろう」

言葉で理解しようとしても、きっとわからない。そして、できれば忘れて欲しかった。

「理解しなくていいよ」

「理解したい」

「！」

キースは人間の感情に興味を持ったのだろうか。それともキースにも人間と同じ欲望が備わっているのだろうか。

なんだかドキドキしてきた。キースは見た目もよくって、紳士的で、すごく優しい。そんなキースが『欲望の赴くままに』なんてことになったらと、想像力があっという間に膨らむ。

「ねぇ、欲望ってどんなもの？　朝まで野獣って、どんな状態のことだろう」

「だから……朝まで、獣になるって……いうのは……」

ゴクリ。

喉が変な音を立てた。きっとキースにも聞こえただろう。

「恋人同士ですることを、す、するんだよ。勢いのままに……というか」

小説家を目指す者として、このボキャブラリーのなさは大丈夫なのだろうか。上手く教えてあげたいのに、キースがそれを知ったらと考えると躊躇(ちゅうちょ)してしまった。

きっと今、彼はすごい勢いで情報を処理してる。

「僕は一所懸命ななつめが好きだ」

いきなりの言葉に、僕の処理能力が追いつかない。

「す、好きって」

「心地いいってことと似てるよね」

「心地いい……？」

「そう。心地よくて、ずっと触れていたい」

それは、きなこを撫でている時と同じ『好き』だ。きっとそうに違いない。キースの僕への思いはあくまでも『ＬＩＫＥ』であって『ＬＯＶＥ』ではない。

ニャア、ときなこが足に擦り寄ってきた。

「きなこが、ご飯頂戴って……」

「さっきあげたよ」

「そ、そうだったっけ」

僕のファーストキスを奪った唇が、すぐ近くに迫っていた。心臓がはち切れそうだ。またキスをされるんだろうか。

治まれ、治まれ、と念じても心臓は大暴れしている。キースの両手が伸びてきて、頬を包まれた。ああ、もう駄目だ。心臓は僕の肋骨を破壊し、胸を突き破って出てきそうだ。

長い指が僕の頬を撫でる。目が合い、逸らそうとした瞬間、唇を奪われる。

「……ん」

甘い、鼻にかかった声が漏れた。どうしたらいいのかわからない。

成り行きに任せることしかできなかった。さらに深く口づけてくるキースに、おずおずと唇を開く。チュ、チュ、と何度も吸われ、唇が立てる音に下半身が熱くなった。

うっすら目を開けると、キースの向こうで男女のカップルが濃厚なキスを交わしている。姉さんがつけっぱなしにしていったテレビでは、結ばれてはいけない二人が情熱的に互いを求めていた。

「ん……、ぁ……ん、んん、……んぅ」

テレビでは俳優が『好きだ』と自分の想いを訴えている。熱い吐息も聞こえてきて、感化された。経験のない僕には、午後九時のドラマで流れるベッドシーンでも十分に性欲を刺激される。

「好きって、こういうことだろう?」

「あ、あれは……、ぅん……っ、違うん……、……んんっ、だよ……キース」

キスの合間に訴えるが、上手く言葉にならない。

「違うって?」

「あの『好き』と……、……ぅん、んんっ、キースの、……ん……ッふ、……言う……『好き』は……違う……、……んぁ」

キースは僕の唇をついばみ、微かに開いたのを見計らったかのように舌先を差し込んでくる。柔らかい舌が、僕の口内を探り始めた。

「キ、キース……ッ、……ぅん、ぅん……っ」

どこで覚えたんだろう。こんな情熱的なキスをするなんて、思ってもみなかった。こういった行為に慣れない僕は、流されるまま応じるだけだ。

突き飛ばすことだってできるのに、どうして僕は受け入れてるんだろう。

「なつめ……息があがってる。興奮したのかい？　反応してる」

「ぁ……っ」

僕の中心は下着の中で窮屈だと訴えていた。キスだけでこんなに硬くするなんて、僕がいかに経験不足なのか証明しているみたいで恥ずかしい。

「さ、触らないで……」

「嫌なのかい？」

「ちが……、こういう、ことは……っ、ぅん……、好きな人としか……」

「僕はなつめが好きだよ」

「だからそれは……っ」

恋愛感情じゃない。きなこを好きなのと同じだ。そう言いたかったけど、言葉はキースの唇の下に消える。こんなふうにされたら、勘違いしてしまいそうだ。

「見てたよ。夜中に君がパソコンの前で苦しんでるのを……。いや、違うのかな。君は頭を抱えて唸(うな)ってた。助けてあげたかった」

「君に助けてって言われたわけでもないのに、どうしてそんなふうに思ったんだろう」

キスが止まった。その代わりに、両手で頬を包まれたまま真っ直ぐに見つめられる。

「……キース」

僕は何度彼の碧眼(へきがん)を覗き見ただろうか。他人と目を合わせることが苦手なのに、時折目が離せなくなる。ソーラーパネルを搭載した作り物なのに、キースの目は吸い込まれそうなほど綺(き)麗(れい)で、僕は何度も魅了された。

美しさは、どこからくるのだろう。素材だけでは説明のつかないものが、確かにある。

「僕は、君が苦しんでるのを見たら助けなきゃって気持ちになる」

「それは……僕が過労死しないように、送られてきたから。プログラムされてるんだろ」

「それだけなのかな?」

答えられなかった。僕にキースのことがわかるはずがない。

「今日なつめがアルバイトに行ってる間にドラマを見たんだ。人間の感情について勉強しようと思って。その中で言ってた。分かち合うことが大事だって」

「つらいことも、楽しいことも、好きな人と分かち合うんだって。そうすると苦しさは半減して喜びは倍増する。僕はなつめが好きだから、なつめと分かち合いたい」

「分かち合う？」

キースはいったいなんのドラマを見たんだろう。こんなに『好き』という言葉を躊躇なく口にされると、どう受け取っていいのかわからなくなる。

「なつめは僕が好きかい？」

「う、うん」

自然に認めてしまい、驚いた。人は自分が把握していない感情を、こんな形で自覚することがあるのだ。

僕は……キースが好きなのだ。

僕を諦めから救い出してくれた人。これまでの僕を壊してくれた人。救世主のような存在だ。だけど、それだけじゃない。

キースの変化が、少しずつ成長する姿が、僕の心を摑んで放さない。そして、新しく手に入れる人間らしさに魅了される。徐々に人間へと近づいていくキースに心奪われる。

欲望というものに興味を持つ彼にも、なぜか惹かれた。どこか危険な匂いを伴っている。

僕の安全を揺るがす存在。

臆病で変化を嫌う僕が、本来一番避けたいと思う相手のはずなのに――。

「分かち合おう。苦しい時やつらい時は言って」

「う、うん。わかった。わかったよ。つらい時は……そうする」

僕はかろうじてそれだけ答えた。自分の気持ちを自覚するのと同時に襲ってきたのは、彼が僕を護るために送られてきたアンドロイドだという事実だ。

キースの好きは、多分僕の好きとは違う。

僕の成功を喜んでくれるし、笑いかけてもくれる。そして、優しくもしてくれる。でも、そうプログラムされているからだ。僕を護るための基本設定。好きと言ってくれるのもＡＩが学んだだけに違いない。

人間とアンドロイド——僕が落ちたのは、身分違いの恋だった。

3

蟬の声が変わる頃、キースはますます人間らしくなっていた。

満員電車につめ込まれたみたいにシャワシャワと鳴く蟬の声に圧迫されていた夏の盛りが過ぎ、秋の気配が漂ってくる。過ぎゆく夏を惜しむようにツクツクボウシの声で庭が満たされると、長い夏休みの終わりを思わせるその声にどこか寂しさを感じた。

かき氷やワラビ餅の冷たさを思い出すのが前者なら、後者は沈む夕日のもの悲しさを脳裏に呼び起こす。熟した柿と同じ色をした太陽は、秋の到来を僕に知らせているようだった。

「はい、こちらで最終稿とさせて頂きます。お疲れ様でした」

「あの……本当にこれでいいんでしょうか?」

「ええ。いいものに仕上がっていると思いますよ」

「本当ですか?」

僕は編集部の近くにある喫茶店の隅の席で、加村さんと向かい合って座っていた。

原稿の返事をくれるというので、アルバイトだった僕は帰りに店に立ち寄った。電話でもよかったけど、編集部からかかってくる電話にはいまだ軽いトラウマがある。慣れるまではできるだけ避けたくて直接返事を聞きに来ることにしたのだけど、それでも今日は一日中落ち着かなかった。単純な作業を何度か失敗しそうになったのは、キースには内緒だ。

だから加村さんの返事には拍子抜けというか、嘘をつくはずがないのに信じがたくて素直に喜べない。

「何か不安でも？」

「いえ……前は何度書き直してもリテイクばっかりで、頭の中がぐちゃぐちゃで最後まで仕上げられなかったから。結局は放り出して玉置さんには本当にご迷惑をおかけしたんです。編集さんの間ではそういった話はしないいんですか？　あいつは使えないから気をつけろとか」

加村さんは声をあげて笑った。

「先生はネガティブなんですね。褒め言葉をなかなか信じてくれない」

「す、すみません」

「正直思ってた以上によくなってましたし、実力はあると思います。今まで埋もれさせていたのは、我が社の怠慢でした。先生、本当に申し訳ありません」

「えっ、そんな……っ、小説から逃げたのは僕ですから……っ」

「もう一度先生の小説を我が社で紙面に載せられるチャンスを頂けてよかった。他の雑誌から声かからなかったんですか？」

加村さんはコーヒーに手を伸ばした。僕もつられるように同じ行動を取る。

「えっと……かからなかったってことは……ないんです」

椎名先輩からは、他からのオファーはすべて断るよう言われていた。編集に口利きしたからには、自分にも責任がある。だから、その仕事に集中して欲しいと。

結果的に最悪の形で裏切ってしまって、今は合わせる顔がないわけだが。

「なるほど、そうだったんですか」

「文芸部で作った同人誌を卒業前の学園祭で発表した時に声をかけられただけだから、僕はついでだったんでしょうけど」

加村さんはなんだか腑に落ちないという態度だった。どうしてそんな顔をするのだろう。僕が何かまずいことを言ったのかもしれない。

「はっきり言ってやったら〜？」

その時、観葉植物の間から真島先生が顔を覗かせた。

「先生っ、こんなところで何をされてるんです」

「え、だって棗先生の打ち合わせが終わったら会う約束してたんだもん」

本当かと目で聞かれ、黙って頷く。実はこのあと一緒に書店に行く予定なのだ。夕方から営業している外国の絵本専門店だ。最近はこういった書店が増えていて、オーナー独自の店作りが生き残りの鍵になっている。

「もう打ち合わせ終わったんでしょ」

「はい。先生同士仲良くなるのは悪いことじゃないです。何か召し上がりますか？　ここはうちが持ちますので。甘いものお好きでしょ」

「わーい。じゃあコーヒーとチョコレートパフェ」

真島先生は僕の隣に座ると店員さんを呼んだ。先生から伝わってくる楽しげな空気と、懸念していたことなど何もなかった安堵の気持ちが僕をウキウキさせていた。

雑誌に掲載される。夢みたいだ。まさかこんなにスムーズに進むなんて信じられない。

ウエイトレスがパフェとコーヒーを持ってきた。山盛りの生クリームにチョコレートソースがかかったパフェは、デコレーションも凝っていてサイズもかなり大きかった。

「ところで先生のほうは原稿進んでますか？」

「仕事はしてきたよ〜。だから脳みそが甘いもの欲しがるの」

スプーンで生クリームとアイスクリームを掬い、先生は「あーん」と口を開けた。大きなパフェがどんどん減っていく。すごい。

「ねぇ、加村さん。やっぱり俺の言ってること当たってたでしょ。柊先生が関わってるって」

「先生っ」

「柊先生の噂、やっぱ本当だよね」

「そ、その話はやめましょう」

「なんで？」

僕は首を傾げた。二人の間では話が通じているのに、一人だけわかっていない。真島先生を見ていたが、視線が僕を捉えて思わず逸らした。視線が逸れたのがわかり、再び目を遣るとまた目が合う。

椎名先輩の噂ってなんだろう。聞いてもいいんだろうか。

僕は迷いながらも結局口に出すことができずに、黙って座っていた。

「聞きたい？」

「え？」

「棗先生って柊先生の大学の後輩なんだってね。世話になったって言ってたじゃん」

「は、はいっ。大学生の頃はアドバイスを頂いてました。学園祭の時はサークルに顔を出してくれたんです。よくプチサイン会になって……」

サークルの中にも椎名先輩のファンがいて、快くサインを引き受けてくれた。僕も何冊か持っている。あれには憧れた。

僕もいつか……、なんて想像したのが今は恥ずかしい。

「あのさぁ、棗先生全然気づいてないから言うけど、あの人、棗先生が本当にデビューできると思ってなかったから優しかったんじゃないの？　舐めてたから優しくできたんだよ」

「え、そんなことないです。僕が賞を貰った時はすでに人気作家だったし、気にする相手じゃないと思います」

「そこが人間のわからないとこなんだよ。リテイクの嵐で結局辞めたんでしょ？」

「それと椎名先輩がどういう……」

「あの人、新人潰しやってるって聞いたけど。ま、噂だけどね」

トクン、と心臓が鳴った。いや、冷えたと言ったほうがいいかもしれない。

「先生、あんまりそういうことを軽々しく言うのは……」

加村さんが慌てた様子で真島先生を遮る。ここは編集部に近いのだ。出版関係の人がどこにいてもおかしくはない。そんな中、他の作家の悪い噂話をするのは危険だ。

「俺が軽々しく言ってると思ってる？」

「す、すみません」

「あの人、酒に酔うと『あいつを潰してやった』なんて得意げに言う人らしいから。俺が聞いたのは『俺にはその力がある』ってニュアンスだったけど、あの様子だと実際やってるよ。棗先生が編集部に来た時って、もとの担当が作品を見たんでしょ？　採用するレベルには達していないって返事、加村さんはどう思ったんだよ」

パフェの器が空になった。中を覗き込みながら真島先生はさらに続ける。

「それに大手でしか書かない柊先生が『小説あかつき』の連載引き受けたのと時期が被るじゃん。柊先生の担当も玉置さんだよね。交換条件だったんじゃないの？」

「編集が作家を潰す手伝いをするなんて……あり得ません」

それは僕らに対する断言というより、そう信じたい自分への呪文のようだった。心なしか声に張りがない。自信がなさそうというか、どこかで疑っていなきゃあんな顔はしない。

「どっちにしろ、俺は嫌いだけどね。自分にメリットがあるかないかで友達選ぶタイプ」

真島先生は、パフェの器に残った溶けたアイスクリームを何度もスプーンで掻き出してペロリと舐めた。物足りなさそうにしている。同じ大きさのパフェをもう一つは食べられそうだ。

「棗先生、あいつに潰されるところだったんじゃないの〜？」

グイッと顔を近づけてきて、バッチリ目が合った。僕が人の目を見て話すのが苦手なことは前に言ったのに、真島先生は気にしない。接近したまま顔を凝視され、目を逸らす。だが視界には先生の顔があり、僕は何か言わなきゃと言葉を探した。

「で、でも、それで潰れるならその程度の作家ってことだし」

真島先生がふいに僕から離れてスプーンを置く。

「棗先生って案外男前だね」

「え、そんな……僕はただのヘタレです」

「ううん。男前だ。俺そういう人大好き」

大好きな先生に大好きと言われてしまった。僕のほうが好きだと言いたいが、さすがにミーハーすぎる。ぐっと堪えた。

「加村さん。棗先生にあの二人を近づけないほうがいいよ。念のため」

「わかりました。先生がそうおっしゃるなら念のため気をつけます。ですからもうこの話はやめましょう。私は先生に信頼されるよう、頑張りますので」

「俺は加村さんを信頼してるけど？　だからこっちの仕事を優先してんの」

「ありがとうございます。うちみたいな中堅を優先してお仕事してくださるなんて」

「うちみたいな中堅？　やけに弱気じゃん」

「事実を言ってるだけです。大手に比べるとまだまだ……」

「心配しなくても俺が楢井を大手にしてやるよ」

サラリと放たれたのは、息が詰まるような言葉だった。

か、かっこいい……。

僕は加村さんの反応を盗み見た。平静を装っているが、彼の心臓も高鳴っているに違いない。こんな才能溢れる人に「大手にしてやる」なんて言われたら、卒倒してしまう。

大手は魅力だ。書店の棚もたくさん持っていて、全国に本が行き渡る。自分に知名度がなくても、出版社の力で人の目に留まるチャンスを広げてくれるのだ。

それをこの人は、逆に自分がチャンスを与えてやると言う。

「先生……っ、先生に尽くしますんでいい作品を作りましょうっ。うちの営業にも先生のお言葉を伝えておきます！　棗先生も！　ともに、いい作品を読者に届けましょう！」

加村さんは目を潤ませてそう力説した。

そうなのだ。真島先生は「どうしてこんな売れっ子が？」と思うような小さな仕事もする。だけど、どこに作品が掲載されても彼の話は差し迫っていて、恐ろしいほど切実で、ロマンチックで類を見ない。

僕は、歳下の才能ある青年に刺激されていた。

この世界に戻ってこられてよかった。戻ってくるなんて言い方ができるほど踏み込んでいなかったけど、もう一度チャンスを摑むことができて本当によかった。

これもキースのおかげだ。踏み出す勇気をくれた。

僕は家で夕飯を作って待っている彼の姿を想像した。僕を好きだと言ってくれる僕の強い味方。帰ったら、今日あったことを全部話そう。僕がどれだけ感動して、どれだけ今に感謝しているのか聞いて欲しい。

そして、それが全部キースのおかげだってことも……。

打ち合わせが終わると加村さんと別れ、真島先生と書店に行って何冊か本を買い込んだ。好きな作家さんと一緒に自分の好きな作品について話しながら、新しい本との出会いを求めて書店をうろつくなんて贅沢だ。

あっという間に時間は過ぎ、紙袋を抱えて家路につく。

「ただいま〜。キース？　ただいま〜」

玄関を潜ると、いつも返ってくる「お帰り」の声がなかった。台所は無人で他の部屋にもキースはいない。部屋を全部見ても誰もいなかった。急に不安になる。

「キース？　キースー？」

わざとなんでもない言い方で名前を呼ぶが、心臓は素直だった。どく、どく、どく。鼓動がいつもより速い。

キースは僕の健康を守り、賞を取るのを見届けるべく未来から来たと言っていた。だからここにいるはずだ。いるはずなのに——。

「キースッ、どこ……っ」

僕は不安に駆られていた。未来は変わる。僕への忠告が自衛行動に繋がり、賞を取る未来が確定して予定より早く帰ったなんてことはないだろうか。

もう一度家中を捜し、やっぱり誰もいないとわかると今度は庭に出た。すると暗がりの中、こちらに背を向けてしゃがみ込んでいる人影を見つける。

「キ、キース……」

僕はへなへなと座り込んだ。よかった。キースは未来へ帰ったんじゃなかった。

半ば放心状態でいると、キースは僕に気づき、立ち上がって笑みを見せる。

「あ。お帰り、なつめ。どうしたんだい？　そんなところに座り込んで」

「どうしたって……、……あ」

キースは小さな猫を抱いていた。まだ目が開いたばかりといったくらいの子猫だ。シャツの裾を捲ってその中にくるんでいるせいで、ほどよい凹凸の腹筋が露出している。キースが人間なら、お腹が冷えるのを心配しただろう。

「それどうしたの？」

「今見つけた。ミーミー鳴いてるからなんだろうと思って……。こうしてくるんであげると鳴き止んだよ。安心したのかな」

「小さいね」

「かわいそうだから飼ってあげたい。駄目かい？」

かわいそうだから。

その言葉に、心臓が小さく跳ねた。キースは最近本当によく人間と同じ感情を口にする。キースの言葉は人間と同じように僕に響く。

それが、僕への好意であっても……。

「でも、きなこがいるし」

「二匹は駄目？」

「駄目じゃないけど、仲良くできるかわからな……」言いかけて、僕は言葉を呑んだ。キースが泣き出しそうな顔をしていたからだ。涙なんか出ないのに、今にもその二つの澄んだ碧眼が水面のように揺れそうだ。

「もとの場所に戻すなんてできないよ」

「ま、まだ駄目って言ってないよ。きなこに聞いてみよう」

「大丈夫だよ。きっと上手くいく」

キースはなんとか僕に「うん」と言わせたいらしかった。部屋に上がるときなこを捜し、反応を窺いながら子猫を差し出す。きなこは子猫の匂いを嗅いだあと、ペロリと顔を舐めた。一度そうすると警戒心はあっという間に解ける。

「ほら、大丈夫だろう?」

「そうだね。二匹までならいいかな」

「なつめならそう言ってくれると思ってた。僕はなつめの優しいところが好きだよ」

子猫を撫でるキースは、本当に嬉しそうだった。


それから僕はお風呂に入るついでに子猫を洗ってやり、キースに渡して先にドライヤーで乾かしてもらった。子猫が気になって湯船にゆっくり浸かる気になれず、早々に風呂から上がる。躰を拭いて部屋に戻ると、キースが水でふやかしたきなこのカリカリを与えているところだった。明日、猫用のミルクと子猫用のカリカリを買ってこよう。

きなこは子猫を気に入ったらしく、自分にまとわりつく小さな毛玉を毛繕いし始めた。そして猫ベッドで仲良く寝る。子猫も大きなもふもふに包まれて安心しているみたいだった。

「ねぇ、キース。名前はどうする？」

「チビ丸」

即答され、破顔した。

「もう決めたの？」

「見た瞬間、チビ丸って名前が出てきたんだ。いいかい？」

「うん、いいよ」

ぐぅ、とお腹が鳴った。猫にかまけていて夕飯がまだだったことをすっかり忘れていた。僕のお腹の訴えを聞いたキースは、目を細めて笑っている。

「僕たちも夕飯食べよう」

いつもよりずっと遅い時間でお腹はペコペコだ。コンロの上の鍋を覗くと、ミートソースが入っていた。しかも麺を手打ちにしたらしい。バットの中に小麦粉を纏った麺が並べてある。

「すごい。どうやって切ったの？　太さが揃ってる」

「普通に切っただけだよ」

機械並みの正確さは、キースがアンドロイドの証だ。

最近はことあるごとに、そのことを自分に言い聞かせるようになっていた。キースの僕に対する愛情表現を勘違いしないよう、どんなに好意を寄せられても冷静さを失わないよう、気をつけている。

　そんな時、僕を占めていたふわふわとした綿飴のような気持ちは尖った飴細工のそれとなり、心がチクチクと痛み始める。だけど口に含むとやっぱり甘くて、僕はこの気持ちをどう処理すればいいのかわからなくなるのだ。

　口の中で溶けた飴細工は、僕にじんわりと溶け込んでいく。

「どうかしたかい？」

「う、ううん、なんでもない。一緒に準備しよう」

　それから僕たちはたっぷりのお湯で麺を茹で、ミートソースと粉チーズをかけてテーブルに運んだ。サラダは冷蔵庫にすでに用意してある。僕たちがこんなふうに向き合って「いただきます」と口を揃えるのは、何度目だろうか。

　繰り返される日常が、僕はいとおしい。

「ところで原稿どうだった？」

「うん、オーケーだった」

「だろうね。顔でわかるよ」

「今日も美味しいよ。キース、本当にありがとう」

「急にどうしたんだい？」

「だって、諦めた夢をもう一度摑むことができたのはキースのおかげだから」

僕は今日あったことを話し始めた。

嬉しいのは、仕上がった原稿にオーケーが出たというのもあるけどそれ以上に再び情熱を持って小説に向き合えるようになったからだ。そのことが、僕を普段以上に饒舌（じょうぜつ）にさせていた。

あの人のようになりたい。あの人のような作品を書きたいという意味じゃなく、僕は僕だけにしか書けない小説であの人みたいに輝きたい。自分が魅了されているように、誰かを魅了したい。

抑えきれない情熱が僕の中にこんなにあったなんて、知らなかった。キースがいなかったら、こんな気持ちは味わえなかったかもしれない。

君は本当に優秀なアンドロイドだ。

言葉にしなかったが、僕はそんな言葉で彼に感謝した。

「雑誌が出るのが楽しみだね」

「うん。次の話も出てるんだ。プロットを見せてって言われてる」

「すごいね。僕の言ったとおりだろう？　君の書く小説は面白いよ。自信を持って」

僕が賞を取ったら、キースは未来へ帰るだろう。でも、ずっと先のことだ。

結婚して、子供を作って、いくつも作品を書いて、それが評価されて――。

キースと出会ったばかりの頃は、気が遠くなるほどの未来だと思っていた。だけど今は、あっという間にその日が来てしまう気がする。

気の持ちようで、時間の過ぎ方は大きく変わるのだ。僕はそれを痛感していた。

「ごちそうさま。すごく美味しかった」

「君がちゃんと食べるようになって嬉しいよ」

「キースのご飯が美味しいからだよ。それに、一緒に食卓を囲んでくれる人がいるからだ」

僕は片づけを手伝うと、キースと一緒に子猫を覗きに行った。きなこがぷーぷーと寝息を立てているすぐ横で、チビ丸もすやすやと眠っていた。キースが指でそっと撫でると一人前に背伸びをしてみせる。安心しきった姿に癒やされた。

「かわいいね。きなこもかわいいけど、チビ丸もかわいい」

キースが慈しむような目で二匹を眺めていた。美しい碧眼に映っているのは、どんな光景だろう。彼から見た世界は、どんなだろう。

キースに搭載されたＡＩは、本当に人間の心とは違うんだろうか。

「すっかり仲良しだね」

「なつめと僕みたいだ。猫は舐めて愛情表現をするんだね。人間もそうすればいいのに」

ドキリと心臓が跳ね、動きが止まった。キースを見ると、視線がぶつかる。まただ。なぜかキースとは、目を合わせていられないことより逸らせなくなってしまうことが増えた。

「キスは駄目って言われたから、代わりになつめを舐めたい」

「だ、駄目だよっ。舐めるのも駄目」

「どうして愛情表現をしたら駄目なんだい？　僕は自分の想いをなつめに伝えたい」

「伝わってるよ。十分伝わってる。だから、これ以上はもういいだろ？」

キースは考え込んだ。上手く処理できない情報があるのだろうか。しばらく動かなくなる。

「口って愛に関係してる部分なのかな？」

「え？」

「僕の気持ちが十分伝わってるのはわかった。でも、それでもやっぱりキスしたい。僕はなつめの唇から目が離せなくなるんだ。触りたいし唇で触れたいし、吸ったり舌を入れたりしたい」

あからさまな言い方に、心臓がパニックを起こした。

「だ、だから駄目だって。そういうことはしたら駄目だ」

「しないよ。なつめに駄目って言われたからキスはしない。舐めたら駄目って言われたから、舐めない。他に駄目なことは？」

正確に伝えないと、優秀なキースは行動に移してしまう。言葉どおり処理して、予想のつかない行動を取る。

「全部駄目」

「全部って？」

「だ、だから全部だよ」

こういう答えが一番悪いとわかっているのに、混乱のあまり何も浮かばなかった。

「じゃあ、ついばむのは？」

「！」

僕は、整いすぎているくらい整ったキースの顔に魅入られていた。他人と目を合わせるのが苦手な僕の瞳を、そして心を、捉えて放さない。

唇が近づいてきた。息がかかるほど近くで見るそれに、僕は思わずうっとりしてしまって目を閉じそうになった。

「そ、それも駄目だ」

かろうじて出た声は、震えていた。だけど僕の言葉に機械が正確に反応するように、キースの動きもピタリと止まる。急に目を合わせていられなくなり、視線を落とした。

「そういうことは、しないで欲しいんだ」

「……どうしてだい？」

「だって、本当の恋人じゃない。姉さんの前でそのフリはしようって言ったけど、今はする必要はないんだよ」

「必要だからじゃない。僕は君に少しでも触れたくて……」

「でも……っ、僕たちは本物の恋人じゃない。本当に好き合ってるわけじゃないんだから、そういうことは控えて欲しいんだ。……僕に無断で僕に触らないで」

ひどい言い方だった。人間相手じゃなくても、もう少し言いようがあっただろう。やっぱり僕は駄目だ。他人との接し方が下手だ。だから友達も少ない。人づき合いが上手な人は、きっと相手を傷つけない言い方ができるんだろう。

僕は、自分が心底嫌になった。

「ごめん。君が嫌がっていたなんて思わなくて」

違う。嫌がってなんかいない。逆だ。嫌じゃないから困っているのだ。

だけどそれを口にしたら、きっとますます混乱する。キスを拒んだ気持ちを上手く説明するのは、今の僕にはできそうになかった。

「ごめんよ。君の気持ちに気づかず一方的に……。今度から気をつけるよ」

最近僕を『なつめ』と呼んでいたのに、今『君』って言った。何か大事なものを失ったような気持ちになって呆然とする。頭が働かず、また僕は僕の悪い癖を発動してしまっていた。

この場から逃げることしか考えられず、部屋に向かう。

「調べ物をしてくるよ。明日もバイトだし、夜のうちにプロットとか固めておきたいから」

「そうだね。バイトもあるし、あまり無理しないで」

「わかってる」

すっかりぎこちなくなった空気をなんとかしたくて、立ち止まると必死で言葉を探した。

「そ、それに受賞するなら今から頑張らないとね。やっとキースの言ってたことが信じられるようになったんだ。っていうか、まだ自信はないけど、もしかしたらって……」

　ははは、と笑う。空回りしているのは、自分でもわかった。こういう時は特に僕の対人スキルのなさが出てしまう。ますますいたたまれなくなった。

「えっと……もう部屋に、戻るね」

「ああ。君が夢に向かって進んでるのは嬉しいことだからね、僕も応援に力を入れないと。コーヒーか紅茶を淹れよう。どっちがいい？」

　僕は「紅茶」とだけ答えた。

　台所に行くキースの背中を見ながら抱くのは、激しい後悔の念だ。今のやり取りを全部消してしまいたい。どんよりした雲が広がる風景画にカラフルな絵の具で虹を描き足したり青空に塗り替えたりするみたく、綺麗な景色にしたい。

　だけどキースの『好き』やスキンシップをどう捉えるべきか判断できない僕は、なんの色をどのくらい使えばいいのかわからなくて、闇雲に絵の具を足してしまう。

　たくさんの絵の具を混ぜた結果できるのは――闇と同じ色だ。


　信じるのが怖いだけだ。

わかりきっていたことを認めると、己の愚かさがますます身に染みるようになっていた。キースの笑顔や優しさが本物だと、人間の感情と変わらないと信じられないのだ。状況に応じて反応してみせているだけではないかと、どこかで疑っている。学習したＡＩがそうすべきだと判断した結果が起こさせる反応だと。

ただの臆病者だ。

あんなに僕を好きだ好きだと言っていたキースが、その言葉を口にしなくなったと気づいたのは丸一日が経(た)ってからだ。キスだって平気でしようとしていたのに、今は触れようともしない。それは僕にとって都合のいいことのはずだったが、寂しさのようなものが常に心の奥で僕に何かを訴えている。勝手な奴(やつ)だ。

「おはよう、キース」

その日、寝不足の僕はダラダラと一階に下りていった。昨日は遅くまでプロットを練っていたが、ベッドに入ってからもなかなか寝つけなかった。躰は疲れているのに頭だけがやけに冴(さ)えていて、色々なことを考えてしまう。

ひどい言葉で彼を拒絶してから、一週間が経っていた。

「あ、おはよう。眠たそうだね。寝不足なのかい？」

「ちょっと眠れなくて……」

「根つめないで。今日はアルバイトは休みなんだよね」

「うん。朝ご飯、いつもより豪華だね」

「時間があるならゆっくりできると思って。最近、すごく頑張ってるから」

テーブルにはだし巻き卵、茄子とピーマンの煮浸し、海苔やお漬物などが並んでいた。テーブルについたらご飯と味噌汁が出てくるだろう。

「美味しそうだね」

「美味しそうじゃなくて美味しいんだよ。顔洗ってきて」

キースは僕がひどいことを言ったとは思えないほど、普段どおりの態度だった。特に話しづらそうにするでもなく、身の回りの世話をしてくれる。それがさらに申し訳なさに拍車をかけた。

顔を洗うと鏡の自分と向き合い、臆病者の顔を見る。冴えない表情だ。

軽いため息を一つ置いて、台所に戻った。

「座って。ご飯はいつもの量でいいかい?」

「少なめにしてくれるかな」

「了解」

渡された茶碗には、いつもの七割程度のご飯が入っている。味噌汁は普段と同じ量を頼んだ。僕の好みのネギが多めの椀が出てくる。

「はい、どうぞ」

「ありがとう。――ぁ……っ」

指が触れた瞬間、キースが思わずといった感じで手を引いた。味噌汁がテーブルに零れ、お椀が床に転がる。

「ごめんよ。火傷しなかったかい?」

「ううん、大丈夫。ほとんどかかってないから」

「念のために見せて」

これまでなら自分から手を取って確認しただろう。けれどもキースは、見せてと言っただけで僕に触れようとしなかった。

忠実な犬のように言いつけを守るキースの姿に、僕の心は苦しくなっていった。身勝手な奴だとわかっているけど、あの言葉を取り消したかった。だけど、今は駄目だ。今はこのままでいるほうがいい。

「火傷しなくてよかった。味噌汁つぎ直すね」

手早く片づけたキースは、つぎ直した味噌汁を慎重に僕に手渡した。今度は指が触れ合わないよう気をつけているのがわかる。

準備ができると、僕たちはいつものように向かい合って手を合わせた。

「い、いただきます」

熱々の味噌汁が胃に染み入る。豆腐とワカメは僕が好きな具だ。贅沢な朝食の時間だというのに、居心地の悪さだけがどんどん大きくなる。

「疲れた顔だよ。朝ご飯を食べたら一度仮眠を取ったらどうだい？」

「うん、眠くなったらそうする」

「そんなに根をつめなくてもいいんじゃないかい？」

「そうだね。でも、賞にノミネートされるって思ったら頑張ってしまうんだ」

僕は嘘つきだ。キースのことを考えて眠れなかったのに、小説に没頭しているなんて偉そうなことを言っている。気まずくてキースにチラリと視線を遣ると、苦しそうな顔をしていた。

「……キース？」

「え？」

「どうかしたの？」

「いや、なんでもないよ」

いつもと変わらない笑顔を見せてくれるけど、どこか違和感を覚えた。微かに口元を緩めて食事に手をつけるキースを見て、僕も続く。

咀嚼音と時折交わされる会話。外から飛び込んでくる日常の雑音。

起伏のない時間が淡々と過ぎていく。

朝食を食べ終えると、歯を磨いて二階に上がった。今日は天気がいい。

小説に集中することで、目の前の問題を忘れようとした。以前は小説から逃げたのに、今度は小説に逃げている。進歩どころかこれじゃあ後退だ。だけどそれしかできない。

窓を少しだけ開け、エアコンの要らない時期の空気を部屋に取り込みながら、次の作品の準備に取りかかった。

冬はすぐに来る。特にここ数年は、秋がとても短い。

僕は登場人物一人一人のファイルを作って服装の傾向や性格などのデータを足すやり方をしている。絵は下手だけど、自分でわかる程度の見た目の特徴なんかをイラストにした。そうやって少しずつ肉づけしていく。キャラクターに厚みを出すためには必要だ。どこまで詳しく設定するかで、作品は大きく違ってくる。自然にキャラクターが動いてくれる。そうならない時は、まだ設定が足りてない証しだ。生きていないキャラクターは自ら動かない。

僕はしばらく設定を足しながら、必要な資料をメモしていった。ある程度欲しい情報が決まれば、大型書店に行って専門書なども探す。

ふと手を止め、キースの反応を思い出す。

僕に触れないよう気をつけているのは明らかだけど、キースの異変はそれだけじゃない気がした。それともキースとの間に漂い始めたぎこちない空気を、別のもののせいにしたいだけなのだろうか。

考えれば考えるほどわからなくなり、疲れた僕はファイルを開いたまま机に俯せ(うつぶ)になって目を閉じた。一度そうしてしまうと、夜の不眠が嘘のように睡魔は僕をあっという間に連れ去ってくれる。

　このまま泥のように深く眠ったら、少しは楽になるだろうか。

　どのくらい経っただろう。足音が聞こえた。僕の部屋のドア付近に、床板がよく軋む箇所がある。目は覚めたが、すぐに躰が動かない。ドアがそっと開いた。

「しー、きなこ。起こしちゃ駄目だよ」

　声をひそめたキースが入ってくる。漂う紅茶の香りに、気を利かせて持ってきてくれたとわかるが、一度寝たふりをしてしまうと起きるタイミングがわからない。

　心臓がうるさかった。

　キースは足音を忍ばせて近づいてきた。僕の顔を覗き見て、紅茶のカップを少し離れたところにそっと置いたのがわかる。

　すぐに立ち去ると思ったけど、キースの気配はそこから動こうとしなかった。しかも、僕を見ている。目を閉じていても視線を感じた。

　熱い。触れられているみたいに、熱っぽい視線だった。

　僕は逃げ出したくなった。しばらく我慢していると、さらにキースの気配が近づいてきて僕の心臓は破裂しそうなくらい躍り始める。顔が熱くて、それは耳まで伝染して、耐えがたい気持ちになった。

　狸寝入りなんかして。

そう言って軽くからかってほしい。そうしたら「ばれた？」と舌をペロリと出せるのに。

だけど、キースの口から零れたのは切実な感情を思わせる声だった。

「……なつめ」

囁（ささや）かれた僕の名前。

触らないでくれと言った日から、キースは僕を『君』と呼ぶようになっていた。こうして名前を口にされるのは久し振りだ。泣きそうだ。どうしてこんな気持ちになるのだろう。

気配はさらに近づいてきて、キースの唇が髪に触れた。

優しく押しつけるだけのキスに、僕は彼の優しさを知った。そして、自分の中に押し込んでいた感情が溢れ出るのを感じる。心臓が口から飛び出しそうだなんて表現があるけど、実感するのは初めてだ。どくん、どくん、どくん、と僕の心臓が血液を送り出している。

キース、お願いだからもう行って。君にこのまま見つめられていたら、僕は見られた部分から発火して大火事を起こしそうだ。

「なつめ……、僕が人間だったら……好きになって、くれたかい？」

僕が、人間だったら――。

僕の周りの空気が希薄になり、息を吸うことすらできなくなる。

ああ、僕はなんて愚かなんだろう。

それは人間にはなれない彼の、魂の叫びだった。羨望や憧憬、切望や熱望、そして絶望。それらが入り交じって、悲痛な声をあげている。どんなに強く望んでも手に入らないものを、それでも欲しいと思った時、どれほどの苦悩が伴うだろう。想像しただけで気が遠くなる。心臓に刃物を突き立てられ、滅茶苦茶に切り裂かれても、きっと彼の痛みには遠く及ばない。これほど彼を傷つけていたなんて、僕はやっぱり駄目な人間だ。

あの時の言葉を取り消したかった。なかったことにしてしまいたい。今すぐに飛び起きて、謝ることができたらいいのに。だけど、それすらもできない。僕にはその勇気がない。

自分の心音を聞いている時間は、とてつもなく長く感じた。気が遠くなりそうなほど耐えていると、ようやくキースの気配が離れていった。ニャア、ときなこが鳴く。

キースがきなこをそっと抱きかかえるのが気配でわかり、僕は安堵した。あと少し我慢すれば、キースは立ち去る。その一挙手一投足に神経を集中させたまま寝たふりを続け、ドアが閉まるまで動かなかった。

部屋から出ていったのと同時に、目を開けて全身の力を抜く。いつの間にこんなに力を入れていたんだろう。

ペンギンの絵がついたマグカップから湯気が立ち上っていた。二つ揃っていないと、嘴(くちばし)を差し出してキスをねだる姿はなんだか寂しそうだ。

「……キース」

深呼吸をし、気持ちを落ち着ける。少しずつ鼓動も治まってきた。少しだけ開いた窓から、湿った風が入り込んでくる。遠くのほうでカーン、と金属製のパイプのようなものが鳴った。近所で新築の家が建設中だったのを思い出す。足場を組んでいるのかもしれない。

窓の外に広がるのは、穏やかな日常だった。その気配を感じながら、どこか隔離されたような静かな自分の部屋で、僕はキースへの気持ちを嚙(か)み締めていた。

僕の心は、目の前の穏やかさとはかけ離れている。だけど、日常なんていつ崩れるかわからない。突然の嵐に平和だった日々が吹き飛ばされることもあるのだ。

台風が近づいていた。

アルバイト先から休みの通達が来たのは、午前中のことだ。三日前に発生した台風はすごい勢いで成長し、あっという間にその広い暴風圏に日本を取り込んだ。

午後に入って風がどんどん強くなり、木々が小枝のようにしなり始める。

僕は午前中のうちから庭に出て、風で吹き飛ばされそうなものを物置にしまい、窓にホームセンターで買ってきた板を打ちつけるなどの対策を講じていた。キースがいたおかげで予定よりずっと早く終わったのはありがたい。

押し入れの中にあった非常食は賞味期限が少し過ぎていたけど、ないよりマシだ。

「夜は君だけ食べて」

「でもまだ停電になったわけじゃないし……」

「念のためだよ。きなこたちは大丈夫かな」

「うん。さっき見てきたけど、チビ丸と一緒に猫ハウスでぎゅっと丸まってる」

キースの態度は相変わらずで、僕だけがぎくしゃくしたままだった。キースがどう感じているのかは、わからない。

僕はこの前のキスが自分の見た夢だったんじゃないかと思い始めていた。まだ彼の気持ちが僕にあると信じたい心が見せたものなんじゃないかと……。

時間が経つに連れて自分の記憶に自信がなくなる。

轟々と唸る風が窓を叩いていた。

「夕飯までまだあるし、今のうちにプロット仕上げとこうかな。停電したら何もできないし」

「そうだね」

「賞を取るまでの道のりは長いだろうけど、少しずつ近づいてるって思ったら頑張れるよ」

「……そう、だね。応援してるよ」

キースの表情に陰りが見えた。やっぱりそうだ。

僕はわかってしまったんだ。キースの反応が時々おかしくなる時がある。それは、僕が小説の話をした時だ。賞の話をした瞬間、顕著に現れる。

きっと僕は賞にはノミネートされない。キースは嘘をついている。

話が本当なら、すでにプロとして活躍しているだろう。キースは自分が来なくてももう一度小説を書き始めたみたいに言ってたけど、多分違う。なぜなのかわからないけど、僕には明かせない理由があるに違いない。

「ねえ、キース。僕は本当に賞を……、——ッ！」

裏でガチャン、と音がした。見に行くと、窓の外にトタンか看板のようなものが見える。何かが飛んできたのだろう。壁にぶつかって止まったはいいが、風が吹くたびにそれが窓に当たっている。打ちつけた板の隙間に嵌まってしまったのだろうか。対策が裏目に出たようだ。このままだと割れてしまうかもしれない。

「僕が行ってくる」

「危ないよ」

「大丈夫だ。僕はアンドロイドだよ」

「でも、何か飛んできてぶつかったりしたら……」

「平気だって。そんなヘマはしない」

本当だろうか。僕は心配しながらも、一人外に出て行くキースを見送ることしかできなかった。部屋の中から見ていると、キースらしき人影が窓の外に現れた。

外は暗いうえに窓に次々と打ちつけられる雨は滝のようでよく見えないけど、挟まった飛来物を取り除いているのはわかる。

「キース、大丈夫？」

声をかけたが返事はなかった。あの風だ。聞こえなくて当然だ。

しばらくするとキースの影が消えた。バスタオルを用意し、玄関に回ってキースが戻ってくるのを待つ。だけどいつまで経っても扉の磨りガラスに人影は映らない。風はますます強くなっていった。

窓がガタガタと震え、風は自分の天下が来たとばかりに暴君のように振る舞う。空き缶のようなものが道路を転がっていくのが聞こえた。

キースが何かあったら。何か飛んできて壊れたら。

僕は怪我をしても病院で診てもらえばいいけど、キースは修理工場に持っていくなんてことはできない。急に怖くなり、どうして僕が行かなかったんだろうと後悔した。

「あ」

突然、電気が消えた。真っ暗闇な中、さらに不安は大きくなる。

もともと僕は臆病でマイナス思考だ。ひとたび悪いことを考えると、それはすごい勢いで加速する。庭に倒れている壊れたキースの姿が脳裏に浮かび、手探りで懐中電灯を取ってくると、それを手に外に出た。

「わっ」

雨が顔に叩きつけてくる。痛いくらいだ。庭の木が大きくたわんでいるのがわかる。夏場は蝉がたくさん集まったかつらの木は多少の風ではあんなに揺れないのに、ここ最近で一番の暴風雨かもしれない。こんな中に、キースを一人送り出したのだ。

「キースッ、キースッ！」

僕は何度も叫んだ。裏に回るとさっきまでキースがいた窓の付近は無人で、飛来物もなかった。取り除いたあとどこか安全な場所へ運んだのかもしれない。物置のほうへ向かった。

「……っく」

突風が吹いて飛ばされそうになる。立っているのがやっとだ。なんとか庭を一周したが、キースを見つけることはできなかった。どこを捜してもいない。

「キース……ッ！」

大声は風の雄叫びに掻き消された。風がこんなに轟くなんて……。

あちこちから何かが転がったり倒れたりする音が聞こえてきて、小さな子供になったかのように音が怖かった。耳を塞いで蹲りたい気持ちを抑え、何度もキースを呼ぶ。

まるで怒りだった。荒れ狂うのは自分を護ろうとするあまり、他人——人ではないけどキースを傷つけた僕を見た神様が人間の愚かさに腹を立てているのだ。だとしたら、罰を受けるのは僕でキースじゃない。だから、どうかキースを無事に戻してください。

そんなふうに祈りながら辺りを捜索していると、僕を呼ぶ声がした。音の出所を探してそちらを懐中電灯で照らすと、隣との境界の塀を飛び越えてうちの庭に降りてくる人の姿がある。

「キースッ！」

「君は出てきちゃ危ないだろう」

僕の心配をよそに、キースはどこも怪我してはいなかった。僕の肩を抱き、腕で僕を庇うようにして「行こう」と家の中に急ぐ。緊急時とはいえ、久し振りにキースに触れられて僕の心臓は飛び出しそうだった。

玄関を一歩入ると、静けさに包まれる。外の音は聞こえているが、風のない場所は空気自体が静まり返っていた。

「庭にいなかったから驚いたよ」

「ごめんよ。隣はお婆ちゃんの一人暮らしだから、大丈夫かなって覗いたら防草シートがめくれて飛ばされそうだったんだ。空の植木鉢もあったし、ブロックをいくつか置いてきた」

中野さんの逆隣に住んでいる九十近くになるお婆ちゃんは、滅多に庭に出て来ず時々挨拶をする程度だ。キースはほとんど言葉を交わしたことがないだろう。それなのに、思い遣りからそんな行動に出る。

タオルを渡そうとしたが、すでにびしょびしょだった。持って出たなんて、よほど焦っていたんだろう。苦笑いし、懐中電灯で足元を照らしながら新しいバスタオルを取ってくる。

「はい、拭いて。風邪ひくから」

「僕は風邪なんかひかないんだよ」

　そうだ。わかっているのに、口から出た。それは自然なことだ。

「でも濡(ぬ)れてる姿を見たらやっぱり寒そうだって思うし、びしょびしょのままでいたら、早く着替えて欲しいと思うんだ」

　薄明かりの中のキースは嬉しそうに目を細めて笑うと、僕からバスタオルを受け取って濡れた髪を拭き始めた。そして、バスタオルを頭に被ったまま目を伏せてポツリと言う。

「ごめんよ。さっきは触って……」

　家に入る時に肩を抱いたことを言っているのだ。

　胸が苦しかった。

　濡れ髪のキースは睫(まつげ)も濡れていて、まるで泣いているみたいだ。涙なんて出ないのに、前髪の先から滴るしずくは涙を流せないキースの心を代弁している。僕を護ろうという気持ちからの行動なのに謝るなんて、僕はあの時どんなひどい言い方をしたんだろう。

「い、いいんだ。あんな……僕のあんなひどい言葉を……いつまでも忠実に、守らなくてもいいんだ」

　どういうことだという顔をするキースを見てゆっくりと息を吸い、僕は決意した。もう、自分を誤魔化すのはやめだ。自分の心やキースを裏切り続けるなんて、僕にはできない。

「だって、あれは……本心じゃないから」

とうとう言ってしまった。取り返しがつかない。だけど、決めたのだ。僕は、僕の気持ちに素直になる。臆病者は卒業だ。

「ねぇ、なつめ。時には本心とは違うことを言うのが、人間だよね。つまり君はあの時、そうしたんだね？」

「……そう、だよ。そうなんだ」

「僕の抱く『好き』って気持ちが本物じゃないと思うから、あんなことを言ったのかい？」

「……キース」

突然の問いかけに僕は、すぐに答えられなかった。

アンドロイドだから信じられなかった――そんなことを言ったら、キースが傷つく。でも、本当だ。

僕は唇を噛みながら、小さく頷いた。

「わかるよ。君がそう思うのは、すごくわかる」

「でも違うんだ。誤解しないで。僕は臆病だから……君が信用できないって意味じゃない。もし違ってたらって思うと、傷つくのが怖くて信じられなかったんだよ」

キースのせいでないことだけは、知ってほしかった。問題があるとすれば、僕のほうだ。それなのに、キースは憂いを帯びた目を足元に向けて眉根を寄せる。

「僕の気持ちは……偽物なのかな。僕は君が……なつめが好きだ。でも、この気持ちが本物だと証明する手段がない。僕も、わからないんだ。人間と同じかどうか……僕のここにあるのは感情とは違うものなのかな。感情ってどんなものなんだい？　……教えて欲しい」

苦しげに言い、自分の胸の辺りをさする。頭じゃなく胸を触るのは、人間と同じだ。ＡＩによるただの反応なら、そんなところに手を伸ばすだろうか。

「ねぇ、キース。頭と心は違うって前に言っただろう？」

僕は随分前に見たロボットの話を始めた。

四足歩行のロボットで、見た目は金属が剝き出しのただの四本脚のテーブルだ。脚の先がどことなく蹄を持つ動物に似ていて、絶えず足踏みをしている。

「自分でバランスを取れるロボットっていって、すごく話題になったんだ。今は二足歩行やジャンプや障害物を避けたりできるけど、あの頃はまだそこまで技術が発達してなかったから、最新の技術だった」

ロボットを開発した人は、絶対に倒れないと証明するために、何度も足で蹴っていた。ロボットはよろけるものの転ぶことはなく、再びその場で足踏みをし出す。

何度も、何度も、彼はロボットを倒そうとした。

「僕はその映像を見てかわいそうになったんだ」

キースにもこの気持ちがわかるだろうか。いや、きっとわかる。頼まれもしないのに、お婆ちゃんの庭の様子を見てブロックを置いてくるのだ。チビ丸を拾ってくるのだ。きなこが膝に乗っているからと、一時間も座っているのだ。

　もうずっと前から、キースには心が備わっていたはずだ。

　キースは黙って僕を見ている。

「だって動きは動物みたいだったんだ。金属でできてるし頭もないし、テーブルみたいに脚が四本ついてるだけだったけど動きが動物みたいで、なんだか虐待されてるみたいで見てるのがつらくなったんだよ。いかにすぐれた技術なのか証明してるだけなのに……何度も蹴られるロボットを見るのは、嫌な気分だった。すごいって気持ちより、かわいそうだって思う気持ちのほうが大きかった」

　僕を見るキースは、僕の言葉から必死で手掛かりを見つけようとしている。その真剣な眼差しが切ない。

「それが感情だよ」

「頭ではわかってて……心は、……違う」

　僕は息を吸い込んだ。

「ねぇ、キース。僕は賞にノミネートされないんだよね？」

「！」

　キースが息を呑んだのがわかった。間違いない、彼の中にあるのは罪悪感だ。すでにキースはそれを抱けるほど、心が育っているのだ。心がなければ、僕にばれずに上手く嘘をつき続けられただろう。

「責めてるんじゃないよ。僕にその実力がないならそれでいい。賞が欲しくて小説を書いてるんじゃないから。だから教えて」

「……なつめ」

罪悪感を抱けるなら、僕への好意も人間のそれと同じだと証明できる。いいや、証明にはならないかもしれないけど、少なくともキースを納得させられる。

「僕に嘘をついていたんだよね？」

「そうだよ。嘘をつくように言われた。君は賞にはノミネートされてない」

「だから、僕がその話をすると顔が硬直した。どうして？」

責めてるんじゃないと言ったのに、キースは怒られているような顔になった。

「だって、君はがんばってるだろう？　賞を目指して……僕が教えた嘘の未来を信じて努力してる。そんな姿を見たら……」

「それは罪悪感だよ、キース。命令に従ってるだけなのに、罪の意識を抱いたんだ。君にはもう心が備わってる」

「え……」

「君の気持ちは、プログラムなんかじゃない。僕への気持ちも、きっと本物だ」

どうしてこの言葉をもっと早く言ってあげられなかったんだろう。僕は自分かわいさにキースの苦しみに目をつぶってきた。

「なつめ。どうして触らないでなんて言ったんだい？　僕が嫌いだから？」

「ちが……」

恥ずかしいけど、ちゃんと伝えなきゃいけない。今逃げたら、僕は絶対に後悔する。

「す、好きだからだよ。君が好きなんだ。だけど、キースの『好き』が本物の『好き』だって確信が持てなくて……キースを信じてないからじゃなくて……、単に自信が、なくて……勇気がなくて……」

僕の気持ちは伝わっただろうか。信じてもらえただろうか。

視線を床に落としたまま反応を待っていると、優しく聞かれる。

「触っていいかい？」

弾かれたように顔を上げると、キースの視線に囚われた。嬉しそうに目を細める表情から、気持ちが伝わってくる。

「なつめに触っていい？」

「触って、いいよ」

恥ずかしい台詞だと思いながら、僕は自分の気持ちを口にした。

違う。触っていいんじゃない。触って欲しいんだ。僕はキースに触って欲しい。キースと触れ合いたい。

それを言葉にすると、キースは両手で僕の顔を優しく包んでくれる。

「ずっと触りたかった」

「うん……っ」

キースとのキス。何度もした。だけど、今ほど僕の心をざわつかせたことはなかった。


停電したままの部屋の中で、僕たちは互いに求め合った。

口づけを交わしながら二階へ移動し、濡れた服を脱ぎ捨ててベッドになだれ込む。荒っぽい息が闇を熱くしていた。

両手を頬に添えたまま、時折唇を離して僕を眺めるキースの気配に、切実に求められているとわかった。痛いほど感じる彼の熱い視線。それを向けられるだけで悦び(よろこび)が押し寄せてくる。

「ぁ……、ぅん」

「なつめ、……なつめ」

「キース、どんな……気持ち？」

「どんなって……わからない。落ち着かないんだ。落ち着かなくて、君にいろいろしたくて……僕は自分が何をしてしまうかわからない」

「僕も……同じだ、……っん、……僕も……同じ、なんだよ……っ、んぁ……」

人間もアンドロイドも変わらないと伝えたかった。恋する気持ち、愛する気持ち。曖昧で説明しがたく、幸せを運び、時には嵐のように吹き荒れる。

「はぁ……っ、ぁ……ん、あんっ、ん、ん、んんっ」

情熱的な口づけは、僕を蕩けさせていた。舌と舌を絡ませ合い、唇を吸い、時折軽く噛んで戯れる。顎に歯を立てられた時は、唇の間から漏れた甘い喘ぎが自分のものだと信じられず、そして恥ずかしかった。

「はぁ……っ」

胸板をまさぐるキースの手が、熱を帯びている。心に反応して体温も上がっているのだ。

「キース……壊れたり、しない？」

「どうして？」

「だって……キースの手……熱い」

「壊れないよ。体温が上昇するのは、機能の一つだ。躰を駆使した時なんかは、冷却するために……熱を放出する。まさか、今……そうなる、なんて……っ」

「——ぁ……っ」

耳の後ろにキスをされ、僕は震えるほど感じていた。何度もそんなところを唇で触れられたら、僕はどうにかなってしまいそうだ。自分の暴走をとめられない。下半身もすでに変化していて、先端の小さな切れ目から蜜のような透明な欲望が溢れていた。

「あ、あ、……ぁあ……っ」

ゾクゾクと甘い戦慄に唇をわななかせると、キースはさらに濃厚な口づけで僕の全身を愛撫する。露わになった胸板には色づいた二つの突起が、愛撫を待ちわびていた。

「ぁあっ！」

胸の突起に吸いつかれた瞬間、僕はキースの頭を強く抱いた。嫌だ。駄目だ。そんなふうにされたら、正気を保てなくなる。

「やめ……、キース……ッ、やめ……、んぁ……ぁ」

頭を振り、舌先で僕を翻弄するキースに訴えた。けれどもやめてくれない。

悪寒とはほど遠い鳥肌が僕の全身を覆った。無意識に躰を反り返らせて、もっとしてくれとねだる。言っていることと真逆の行動に、キースは僕の本音を察したのだろう。さらに激しく突起を嬲って僕を刺激した。

「やぁ……、やっ、……んっ、駄目……っ、……ぁ」

「君は今……、嘘をついてるよね」

「は……っ、……ぁ……あ……ぁ」

「……声が……いつもと随分違う……」

「やめ……、言わな……で」

「すごく、興奮する。君の苦しそうな声を聞いてるだけで、体温が上がる。おかしいんだよ。君が好きなのに……君を、滅茶苦茶にしたい」

それは、人間も同じだ。

自分の中に生まれる感情に戸惑うキースが、愛(いと)おしかった。初めて抱く気持ちが僕によるものなら嬉しい。僕の存在がキースに感情を与えたのなら、これ以上のことはない。

「ここって、形が変わるんだね」

「……っ」

「ほら、周りは柔らかいのに、こうするとここだけ尖って……なんだか、とてもいやらしい」

「も……言わな……で……、……ぁ……んっ！」

キースは子供のような好奇心と、大人の欲望を秘めた声で僕の躰の状態をしきりに言葉にした。初めて目の当たりにする躰の反応を確かめようとしている。

「普段はこんなんじゃないのに……」

「き、君が……そんな、ふうに……触るから、だよ……っ」

「そんなふうって……？　こんなかい？」

「やぁ……っ、やぁ……ぁ……っ、……ん」

どんなふうに触れれば僕がどんな声をあげるのか、少しずつ理解しているのがわかった。キースはまるで試すように、僕の躰に刺激を与えてはじっくりと反応を窺っている。口で言うのも

恥ずかしいけど、反応から悟られるのはもっと恥ずかしい。

饒舌な躰が見せる欲深さを、キースはどう受け取っているだろうか。

「気持ちいいと尖るんだね。周りの柔らかい部分は、なんだかふっくらしてきた」

「キースだから……っ、キース、だからだよ」

僕も、こんなところが感じるなんて知らなかった。唇や舌で弄られるほど突起は硬くなり、敏感になっていく。それだけに乳輪は柔らかさが際立ち、男のものとは思えなかった。

「相手が僕の時だけ気持ちいいってこと？」

「そう……なんだ、好きじゃなけりゃ……、はぁ……っ、こんなに……、ぁ……あ……、ならな……い、……んぁ……あぁ……ぁ」

キースは自分の指を舐めて濡らし、突起を優しく刺激してくる。僕は声を押し殺そうと精一杯の努力をした。指を噛んだり、口をきつく閉じて手の甲を唇に押しつけたり。けれどもそんな努力はキースの巧みな愛撫によってすべて打ち消される。

「ぁ……ッふ、ぅう……ぅん、……んんっ」

「ここを刺激するといいんだね？」

「ぁあ……っ」

中心を摑まれ、指で先端のくびれを優しく嬲られた。先走りで濡れたキースの指は、僕の奥から劣情を引き出していく。張りつめた下半身が限界だと訴えていた。我慢できない。

「僕は……なつめに、ひどいことを……してしまいそうだ。自分を、抑えられない」

「キースの……好きに、して……っ」

「いいのかい？」

無言で何度も頷くと、キースは胸の突起を執拗に嬲り始めた。

「はぁ……っ、あ、あ、……や……っ！」

両手で突起を強く摘まれ、ビクンと躰が反応する。

「ぁ……、……ひ……っ、……っく、……んんっ、あ！」

痛かった。だけど、それがたまらなくよかった。身をよじらせて強すぎる刺激から逃げながらも、キースの愛撫が追いかけてきてくれることをどこかで喜んでしまう。

もっと……もっと、強くてもいい。もっと……ひどく弄ってくれたっていい。

その願いが届いたのか、キースは指と舌と唇で僕を翻弄した。ちぎれるほど強く噛んだかと思うと、舌全体でやんわりと包み込む。

そこは敏感になりすぎて、愛撫から解放されて部屋の空気に晒された刺激にすら反応した。

「や、やぁ……、やだ」

下半身の変化したものを見つめられ、両手で覆い隠したくなる。僕だけこんなにして、なんてはしたないんだろう。だけどキースはお構いなしに僕をやんわりと摑むと、あろうことかいきなり口に含んだ。

「ああ……っ」

キースの口の中は、熱かった。舌はそれそのものが生きているかのように僕を探り、弱い部分を責め立てる。逃げようとすればするほど、強引に吸って僕を舌の虜(とりこ)にする。そして思惑通り、僕はいつしか鼻にかかった甘い声を漏らしながら、腰を浮かせてキースの愛撫に応えていた。

「うん……、も……駄目……、……駄目……ッ」

「駄目……なんかじゃ、ない、……そう、だね？」

キースが、僕の本音を見抜いた。口にしたことがすべて本音じゃないと学んで間もないというのに、もうすべてばれている。

やっぱり君は人間と同じだ。言葉どおりの意味なのか、それとも逆の意味なのか、わかってしまうのだから……。

だけど、まだ人間になりたてといった台詞も飛び出すのだから君の魅力は計り知れない。

「今の駄目は、いいよって……こと、だね？」

「——っ！」

言葉で確かめられ、頬がカッと熱くなる。そんなキースも好きだ。人間の不完全さに似たものを持っているアンドロイド。どうしてこんなに君は魅力的なんだろう。

「……意地悪」

「僕は意地悪なのかい？」

キースは僕の顔を覗き込みながらそう聞いてきた。恥ずかしくて目を逸らそうとしたが、とんでもないことを言われて思わず目を瞠る。

「好きなのに、意地悪したい。君を虐めたい」

「！」

「こんなふうに虐められる君って、すごく色っぽい」

キースは再び僕に奉仕を始めた。何を訴えてもやめてくれない。次第に快楽のボルテージが上がっていき、僕は僕の奥から湧き上がるものに抗うことができなくなっていった。

「や……ぁ……、ん……っく、……ッ……ふ、……う……ん」

駄目だ。もうイきそうだ。

自分だけイくなんて恥ずかしいけど、訴えてもきっと今のキースは聞き入れてくれない。そして、僕も解放されたかった。このまま出してしまいたい。

「射精していいよ」

「！」

「君がイくところが見たい」

「ぁ……っ」

なんてことを言うんだ。そんなことを言われたら、恥ずかしくてイけない。だけど、濡れた音は僕の劣情を煽るばかりで、正気を保っていられそうになかった。

「や、だ……」

「いいよ、出して」

「やだ……、や……ぁあ……」

「ごめんよ、僕は勃たないから。でも、君がこんなに素直に反応してるのを見ると、僕は……もっと君をかわいがりたくなる。虐めたくなる。興奮するんだ。セックスはできないけど、きっとそれと同じくらい興奮して、感じてる」

「キース……ッ、……ッふ、……んん……っ！」

「君を虐めたい。虐めて……泣かせたい」

覚えたての言葉を使いたがるのは、なぜだろうか。キースはしきりに僕を「虐めたい」と口にした。そして僕も——。

僕の中にはっきりと浮かんだのは『虐めて欲しい』という浅ましい欲望だった。

「ぁ……っ」

視界が涙で揺れる。キースの柔らかい獣神の鬣のような髪をやんわりと掴むと、指の間をすり抜けるそれにすら愛撫される快感を覚え、全身がわなないた。

絶頂が、来る。

「ぁ……あ……ぁ……、ぁあ……っ、——ぁぁぁああ……っ！」

顎を仰け反らせ、僕は背中を反り返らせて白濁を放っていた。

ビクンビクン、と驚くほど躰が跳ねて頭の中が真っ白になる。恍惚に意識を連れ去られるといったらいいのだろうか。本当の快楽というものを、今初めて知ったような気がした。

「ぁ……」

半ば放心状態でいると、いきなり電気がついた。そうだ。停電してたんだった。僕は皓々と照らされた部屋のベッドで、自分の醜態を目の当たりにした。

足を開き、キースの口に出してしまった僕のベッドはシーツはぐちゃぐちゃで枕は床に落ち、キースに愛撫された胸の突起は赤く充血している。

「気持ちよかったかい？」

我に返るなり襲ってきたのは羞恥心だった。顔が熱くてたまらない。

「あ、ごめん。こんなふうに聞いちゃ駄目だよね。でも、恥ずかしがる君の表情は、とても素敵だ」

「素敵って……、ぅん……っ」

唇を奪われ、今度はねっとりと優しく確かめるようなそれに目を閉じた。

「ん、ん……、ぅん……っ」

唇が離れると、僕は名残惜しくてキースの口元を眺めていた。あの綺麗な唇が僕の躰を這い回ったなんて、信じられない。

「もう一回いい？」

キースはそう言って、僕に覆い被さってきた。キースの重みを全身で受け止め、一から紡ぎ直すように愛を確かめたいとねだる。

「なつめが乱れると、気持ちよくなるんだ」

「本当？」

「ああ、もっと乱したい。虐めたい。だから、もう一回」

そんなふうにねだるキースに、僕は小さく頷いた。そして、迷いながらも自分の欲望を言葉にする。

「キース……、……もっと、虐めて」


キースの腕の中で、僕はまどろんでいた。あんなに吹き荒れていた風も治まっていて、外は驚くほど静かだ。

「好きだよ、なつめ」

「僕も……」

あれから僕は、二度射精した。キースの口の中、そしてシーツの上。自分だけイくのは恥ずかしいけど、キースは僕の姿に興奮すると言ってくれた。以前の僕なら素直に聞けなかっただろうけど、今は信じられる。信じようと思う。

僕は、好きな人の言葉を額面どおりに受け取ることのできる強さが欲しい。

「ねぇ、キースはどうして過去に来たの？」

「ごめんよ、嘘をついたのは、なつめの子孫にそうするよう言われたからだ。命令には逆らえないはずなんだけど……」

「それはいいよ。怒ってない」

「なつめの子孫って、すごく頭のいい人なんだ」

キースから聞かされたのは、彼がタイムマシンを発明するほどの優れた人物で、少々変わり者だということだ。

「八歳の頃に、なつめの書きかけの原稿を見つけたんだよ。どうして残ってたのかはわからないけど、データを自分で復活させて読んだらしい。それが面白くて、だけど途中で止まってたから最後まで読みたくて、でも作者である先祖はすでに亡くなってる人だ。どうしたら読めるか考えて、タイムマシンを発明して続きを書いてくれと説得しようと決めたんだ」

「そんな些細なことがきっかけで、タイムマシンを発明しようって思ったの？」

「そうだよ。そしてそれを実現させられるほどの人なんだ。彼は天才だって言われてる。でもかなりの努力家だ。そこは君と似てるよね」

僕が努力家かどうかはわからないけど、まさか僕の小説の続きを読みたいがためにタイムマシンを発明しようだなんて発想は、確かに天才だ。スケールが大きすぎる。しかも、実現させてしまった。

「それで？」

「それでって……それだけだよ」

「……それだけ？」

「うん。それだけ」

拍子抜けした。きっかけは些細でも、そこからさらに大きな目的ができたり役割を担うことになったりするのだと思っていた。だけど、その目的はシンプルだった。

だけど人は、単純な欲望を満たすために努力するのかもしれない。

「――ぷっ」

「どうしたんだい？」

「だって……タイムマシンで君を送り込んでくるくらいだから、すごいことをするためだって思うだろう？　地球規模の危機を回避するとか、普通はそうだよ」

「確かにそうかも」

「そんな子供みたいな理由で……」

「そう、子供みたいな人なんだ。なつめの子孫は……一ツ木一樹さんは、とんでもなく子供っぽい」

キースの懐かしそうな顔を見て、僕の子孫がどんな人なのか少しわかった気がした。多分、魅力的な人だ。キースは努力家なところが僕に似ていると言ったけど、僕はそんな大胆な発想はできない。どちらかというと、姉さん寄りだ。

「僕に与えられた本当のミッションは、賞を取るのを見届けることじゃない。なつめの傍にいて、なつめが小説に集中できるよう生活をサポートすることだ。彼は君の小説がたくさん世に出て欲しいと思ってる」

「じゃあ、ずっと一緒にいられるんだね」

「そうだよ。僕はもともと執事として使われてたから、身の回りの世話は得意だ。と言っても人型でないロボットもたくさんあるから、僕はそれほど多くのことをするわけじゃないんだけどね。ＡＩ搭載の人型アンドロイドの人権は守られてるんだよ」

「どのくらい働いてたの？」

「五百六十五日だから一年半くらいだね。僕は受注生産の特注品だから、起動した日を誕生日って考えると一歳半だ」

一歳半。僕のところに来たばかりのキースを思い出すと、納得できた。あの頃は、キースの言動に驚かされることも多かった。今はアンドロイドだという事実をすっかり忘れている時間のほうが多い。

「でも、君と出会って僕は変わった。僕は今まで感じなかった心の痛みとか、苦しみとか、わかるようになったんだ。僕の心が急速に育ったのは、なつめのおかげかもしれない」

「僕の？」

「だって、未来にいた時間のほうが長いんだよ。でも心の成長はこっちに来てからのほうが速い」

心の成長。キースの進化に僕の存在が手助けとなったのなら嬉しい。

「好きだよ、なつめ。僕に心をくれてありがとう。誰かを愛するなんて、信じられない」

「いいんだ。僕も君のおかげで成長できたと思う。これからも成長したい」

僕の言葉にキースは目を細めて笑った。見つめられていると、何か暖かいものに包まれている気がして、その心地よさに目を閉じる。肉体的な疲労と精神的な安堵が、やすやすと僕を安眠に連れていってくれる。

何も怖くない——僕がそんなふうに思うなんて、自分でも信じられなかった。


なつめが満たされた想いに抱かれて眠りにつく頃、キースはそっと身を起こした。そして、ベッドから抜け出すと窓に近づき、空を見上げる。

思い出すのは自分がもといた場所だ。

夜空を見上げても、キースがいた時代はこんなふうに星は輝いていない。空には企業の広告が次々と映し出されているのが普通だ。空中に映像を浮かび上がらせる技術が開発されたのはキースが誕生するより前で、それが常識となっている。

かつて夜空に星が輝いていたのは知っていたし、残された映像からも初めて見る景色ではなかったが、こんなに美しいと感じたことはなかった。

「これが……心」

急激な自分の変化に戸惑いを覚え、ベッドに戻ってなつめの寝顔を見つめる。

「……なつめ」

何度こうして名前を呼んだだろうかと、キースは記憶を辿った。その数は頭の中の記憶領域に正確に記録されていて、情報にアクセスすれば答えはすぐに出る。けれども、キースはなつめの名を口にした回数を知りたいのではなかった。何度も呼んだことを実感したいのだ。

こんなにたくさん、口にした。こんなにたくさん、なつめと言葉を交わした。こんなにたくさん、触れ合った。こんなにたくさん……。

『君の気持ちは、プログラムなんかじゃない。僕への気持ちも、きっと本物だ』

自分が何者であるかと問い続けていたキースにとって、それは何より欲しかった言葉だ。溺れかけた蟻に与えられた一枚の木の葉だった。砂漠で迷う旅人に与えられた一杯の水だった。

けれども、それを手にして得られたのは安息だけではない。

キースには、なつめに言っていないことがまだある。

「なつめ……ずっと、一緒にいたい」

自分があることを知っていると、なつめに伝えていない。なつめはまだ気づいてすらいない。

キースが存在する条件が崩れる可能性に……。

愛する人の寝顔をしばらく眺めたあと、キースは両手を見た。まだ、存在している。ここにいる。まだ、大丈夫。

今のキースを見たなら、なつめは思っただろう。なぜ僕は、気づいてあげなかったんだろうと……。己の愚かさを嘆くはずだ。

けれどもなつめは、穏やかな眠りの中だった。

4

僕の小説が『小説あかつき』に掲載されると正式に決まったのは、十二月の中旬だった。

街がクリスマスの雰囲気で満たされ、キラキラと輝き始める。この時期によく流れる音楽や恋人たちの浮き足だった空気。街中だけじゃない。スーパーの店員も赤い帽子を被ったりトナカイの角のカチューシャをつけたりして、お菓子売り場にも限定品が所狭しと並んだ。

僕はクリスマスもアルバイトのシフトで、特別何かしたわけではなかった。だけどキースと僕、きなことチビ丸。二人と二匹の生活はとても穏やかで満たされていた。

「新年会?」

「そう、新年会」

台所のテーブルに向かい合って座った僕たちは、鍋をつついていた。白身の魚と牡蠣が入った醤油ベースの鍋だ。魚は口に入れた途端ホロホロと溶け、牡蠣は濃厚な旨味が口いっぱいに広がる。白菜もたっぷりと出汁が染み込んでいて、春菊は独特の香りと歯ごたえがたまらなかった。

毎度のことながらキースの料理の腕前には驚かされる。

和洋中なんでもこいというスキルを持っていて、特売品なんかを目ざとく見つけて買ってくるから今までと同じ食費で贅沢ができる。むしろ節約になっているかもしれない。

「真島先生がキースと一緒に来いって。編集さんもいるし」

それは、真島先生からのラインでのお誘いだった。『博英出版』という出版社の新年会に招待されているからキースも連れて一緒においでと言ってくれたのだ。ついていくなんて図々しいと思ったけど、先生曰く友達を連れてくる作家は結構いて、特に漫画家はアシスタントも一緒に来るから気にしなくていいという。

「行ったほうがいい。仕事に繋がるかもしれないから、なつめを誘ったんだろう?」

「うん、多分そう」

今はまだ新しく仕事をする余裕なんてないけど、名刺を持ってくるように言われた。印刷所で作らずとも連絡先がわかれば手作りでもいいと……。

だけど僕は躊躇していた。『博英出版』は椎名先輩の主な仕事先だ。パーティーには来るだろう。僕が仕事を放り出して叱られてからは、一度も会ってない。もしばったり、なんてことになったらどんな顔をして話せばいいかわからないのだ。

それとも自分から椎名先輩が来ているか聞いて、改めて謝罪したほうがいいのだろうか。そして、今の状況を報告すべきかもしれない。

「何か問題でもあるのかい?」

「顔を合わせづらい人が来ると思うんだ。あと、パーティーなんてきらびやかな場所は僕には合わない」

「そうかな？」

「キースならきっと似合うよ。ここに来た時に着てたスーツで行ったら絶対目立つと思う。ダンスパーティーみたいでさ」

「なつめが踊ってくれるなら相手するよ」

「えっ、無理無理無理！　僕は運動音痴だし絶対に足を踏んづけるから」

その時、玄関のチャイムが鳴ってドアが開いた音が聞こえてきた。姉さんだ。

いつもアポイントなしに帰ってくるけど、最近また帰省頻度が上がった気がする。いわずもがなキースの手料理が目当てだ。

「ただいま〜。いい匂い」

「お帰り」

「お帰りなさい。夕飯がまだなら一緒にどうですか？」

「それ期待してた。わ、鍋やってんの？　鍋大好き〜」

「どうぞ座ってください」

キースはすぐさま立ち上がり、姉さんのぶんも器を用意した。紙袋を差し出されて中身を確認すると、すぐに今閉めた戸棚の扉を開けていくつか皿を出し、姉さんのお土産をそれに載せてレンジでチンする。

「美味しそうですね」

「デパ地下のよ。結構いい値段なんだから～」

袋に入っていたのは、ロールキャベツと酢豚とラザニアだった。卓上が一気に多国籍になる。

「いただきま～す。惣菜はまったく同じのをうち用に買ってるから二人でどうぞ。あたし鍋食べる」

姉さんはそう言ってぷりぷりの牡蠣を頬張った。僕はロールキャベツだ。

「そういえばあんた小説の仕事どーなってんの？」

「雑誌に載ることになった」

「ちょっと、なんで言わないの？　十冊くらい買ってあげるのに。みんなに配る」

「作業残ってるし、確実になってからと思って」

「確実じゃないの？」

「確実ですよ」

キースが僕の不安を打ち消すように言った。

僕がハッとしたのは、無自覚だっただけでやっぱりまだ心配だったことに気づいたからだ。

玉置さんが担当だった時も、雑誌に掲載される前提だった。注目の新人としてプッシュすると
も言われた。自分のペンネームが表紙に載った『小説あかつき』が書店に並ぶのだと信じて疑

わなかった。そして、あの結果だ。

「大丈夫だよ。ここまで来て取りやめになんかならない」

キースの手が僕に触れる。姉さんがふふ～んと笑った。

「あんたまたウジウジウジウジあぁでもないこうでもないって、ほとんどないような可能性の不運を想定してたんじゃないの～？」

まさにそのとおりだったので、反論できない。

僕は何を怖がっていたんだろう。加村さんもオーケーを出してくれたのだ。白紙になることなんてないに決まっている。信用していないわけじゃない。

「パーティーに出たら仕事も増えるかもしれないし、心配ないよ」

「え、パーティー？　何それ？」

身を乗り出す姉さんに、キースは『博英出版』の新年会に連れていってもらえる話をした。まだ行くと決めたわけではないのに、姉さんに知られたら行くしかない。行かなかったら、あとでチキンだとか豆腐メンタルだとかボロクソに貶されるに決まっている。

「まさか、あんたそのチャンスを棒に振るつもりなの？」

「そういうわけじゃないけど、きなこたちの世話もあるし」

「またそうやって言い訳……、え、きなこたちって……何？　猫増えたの？」

姉さんの声に目を覚ましたきなこが、のっしのっしと出てくる。晩ご飯を食べたあと猫ベッドで寝ていたけど、自分の名前が呼ばれて何か貰えると思ったのかもしれない。

「きなこちゃ～ん、久し振り～。あ、ほんとだ。小さいのが増えてる」

「チビ丸です。僕が拾ったんですよ」

「へ～、よかったね～。命拾いしたね～。うちに来たらかわいがられるよ」

姉さんはチビ丸を拾い上げると指で喉を撫でた。お腹の匂いを確かめ、次に小さな肉球に鼻を押しつけて息を吸い込む。耳をパクッと口に含むまでが、猫への挨拶だ。

姉さんはきなこにも同じことをし、ラザニアの蕩けたチーズをほんの少し与えた。

「猫の世話くらいしに来てあげるわよ。出版社のパーティーなんて滅多に招待されないだろうから、行けばいいじゃない。ついでに会場のホテルに泊まってきたら？　二人でゴージャスな部屋でさ……」

意味深に言われ、僕はキースを見た。前みたいにいきなり恋人ですと言ってキスをしてくることはないだろうけど、油断はできない。

「泊まりになると、なつめと寝てるきなこたちは寂しがるかもしれないね」

「二人は一緒に寝てないの？」

「はい、普段は……」

姉さんの罠にまんまとかかった。『普段は』なんて言ったら、一緒に寝ることもあると白状したようなものだ。台風の日、僕とキースは朝まで同じベッドにいた。

「そっか〜。いつもじゃないのね〜」

姉さんはものすごく悪い顔になっていた。血の繋がった実の姉を、僕は時々悪魔なんじゃないかと思うことがある。

「きなこは大丈夫よ。ここに住んでた頃は私と一緒に寝る時あったし。それにこんな色気のない一軒家で若い男二人でしょ。たまには色気のあることとしてくれれば？」

僕たちが恋人同士だって前提で話をされ、否定する気も起きなくなった。はっきり恋人かと聞かれたわけでもないし、ムキになるとますます状況が悪化しそうだ。

結局、パーティーには行かざるを得なくなった。あとで真島先生に連絡することにし、夕飯を食べ終えた僕はキースと並んでシンクの前に立って洗い物を始める。

「なつめ、あんたはこっち」

「えっ、何？」

「キース、なつめを借りるわね〜」

「どうぞ。ここは僕がやっておきます」

僕は半ば無理矢理二階へと連れていかれた。何事かと思ったら、置きっぱなしにしていた荷物の整理を手伝えと言う。

「そっちの箱出して」

「片づけなんて急にどうしたの？」

「いつまでもここに置いとくわけにはいかないと思って……」

　僕は姉さんの指示どおりに、押し入れの奥にあった段ボール箱を引っ張り出した。

「キースってほんと料理が上手よね。鍋の出汁すっごく美味しかった」

「うん。キースは万能なんだ」

「イケメンで料理上手なんてさ、絶対モテるからがっしり心を摑んどきなさいよ。あ〜、これこれ。あとこっちはいらないから……っと、そっちのも下ろしてくれる？　あーっ、懐かしい。これ、記念硬貨。将来高値がつくかもっておじいちゃんが言ってたやつだ。ほら、こっちのブリキのおもちゃも」

　出した箱は三つで、その中からいるものだけを取り出して一つの箱にまとめる。

「おじいちゃんから貰ったのは持っていくわね。こっちはもういらないから捨てて」

「え、いいの？」

「悪いわね。また今度美味しいもの持ってくるからさ……。ところでこの前の台風すごかったけど、この家よくもったわね。大丈夫だった？」

　急に何を言い出すのだろう。あの日あったできごとを思い出して、僕は一人赤面した。駄目だ。こんなふうに顔に出したら、またいろいろと探られそうだ。だけど姉さんはそれには気づきもせず、真面目な顔で言った。

「これから修繕費がかかるようになるって考えたら、売ったほうがいいかも。あたしに遠慮しないで、あんたの自由にしていいのよ？」

「え？」

「あたしも財産貰ってるんだし、家のことは全部あんたが管理してくれたんだもん。月命日に初盆、一周忌から三回忌からお墓のこととか全部面倒臭いことはやってくれたから、あんたが貰って当然よ。長女なのにごめんね」

　めずらしく殊勝な態度だ。もしかしたら、今日はその話をしに来たのかもしれない。

「前にも言ったけどさ、あたしもあんたも子供作る気ないんだから、維持費がかかるものを頑張って残す必要はないのよ。それにいずれ墓じまいもしなきゃ。あれ結構お金かかるってテレビで言ってた」

「お墓なくすってこと？」

「だって継ぐ人いないでしょ。墓じまいしないまま継ぐ人がいなくなって困ってるお寺もあるんだって。あんた、もしかして男同士で子供ができると思ってんの？」

　心臓が跳ねた。

「え、嘘っ。まさか思ってたのっ？」

「お、思ってないよ……っ」

　慌てて否定すると、姉さんは声をあげて笑った。そして、幸せそうな顔で言う。

「あたし、あーちゃんと一生一緒にいると思う。あんたもいい恋人見つけたじゃない。自分に正直に生きるつもりだし、こういうことはきちんとしとかないとね」

心音がどんどん大きくなっていく。耳の後ろの血管までもが、どくん、どくん、と自分の存在を主張していた。僕は肝心なことを忘れていた。

あーちゃんは……姉さんの恋人は、海外の有名磁器メーカーの日本支社で営業職に就いていて、エリアマネージャーとして関東の売り場を統括している。責任ある仕事を任されるだけあって頼りになる人だ。姉さんより一つ歳上の、背の高い、包容力のある――女性。

姉さんの恋愛対象が、男性だったことはこれまでに一度もない。

「なつめ？」

「え？」

「ぼけっとしてどうかした？」

「な、なんでもない」

笑って誤魔化したけど、顔は引き攣っていただろう。姉さんもそれに気づいていたようだが、敢えて触れずにいてくれた。

「じゃ、じゃあ……こっちの箱は、捨てておくね」

僕は浮かれていて、すっかり忘れてしまっていた。頭から抜け落ちていた。

子孫がいるということは、結婚して子供を作るということだ。

キースを好きになってしまった今、じゃあいったい誰が一ツ木家の子孫を残せるというのだろう。親戚に一ツ木家の子孫を残せそうな人はいない。養子を取るという選択もあるけど、キースをここに送り込んだ僕の子孫は僕にそっくりだと言っていた。多分、僕の血が流れてる。

一階からコーヒーが入ったと、キースの声がした。

「ほら行こう、食後のコーヒーまで淹れてくれる彼なんてほんっと羨ましいわ」

箱の蓋をガムテープでとめて、姉さんはさっさと一階へと下りていった。相変わらず大雑把な仕事を見て、あと二箇所テープを追加する。

「何やってんの～、コーヒー冷めるわよ～」

階下から声をかけられて「今行く」と返事したものの、すぐに立ち上がることができずに古びた段ボール箱を眺めていた。

僕はキースが好きだ。このまま好きでいたら誰とも結婚できない。子供を作るのも無理だ。つまり、好きになればなるほど子孫が存在しなくなる可能性が高くなる。同じ型のアンドロイドが生産されることはあっても、キースという存在は僕の子孫がいるからこそ成り立つのだ。

キースは姉さんが同性しか愛さないことを知らないから、まだ気づいてない。

子孫を残すために誰かと結婚すればいいのか。それとも、そんなふうに無理に子孫を残しても、キースをこちらに送り込んだ子孫は生まれないのか。

キースが来たことによって生じた変化が、未来を変える。キースを愛したら未来が変わる。呆然とした。

僕は……キースを好きになっちゃ、駄目だったんだ。


出版社の新年会が開かれたのは、年が明けた一月二十三日のことだった。

有名ホテルの大広間を借りきって、小説家や漫画家、イラストレーターなどそこで仕事をしている作家たちが招待される。

あれから僕は、キースが消滅しないか怯えるようになっていた。今ここにいるってことは、未来はまだ変わっていない。だけど次の瞬間にも、それはやって来るかもしれない。

僕は怖い。キースがいなくなるのが、存在そのものがなくなってしまうのが怖い。

「棗先生、何びびってんの〜」

真島先生の声に、僕は我に返った。

駅で待ち合わせしてタクシーで会場に来た僕たちは、受付に並んでいた。招待状を持った真島先生が僕の顔を覗き込んでいる。

「な、なんか緊張しちゃって」

「大丈夫だって。こっちのお友達みたいに堂々としてりゃいいんだよ。だけど似合ってるなぁ。キースってほんとイケメン」

「スーツは久し振りで……普段着でいいって言ったんですけど」

「いや、そっちで正解だよ。女の視線が釘づけ」

今は忘れよう。

僕はこのところずっと頭の中をいっぱいにしている問題を追い出した。暗い顔ばかりしていたらキースに気づかれる。何かあったのかと問いつめられたら白状してしまうかもしれない。キースはもう人間と同じ感情を持っているのだ。自分が消滅するかもしれないなんて知ったら、どんな気持ちになるだろう。

絶対に、気づかせてはいけない。

「名札を取って中へどうぞ」

真島先生が受付を済ませると、僕たちは会場内へ足を踏みいれた。うわ、と思わず声をあげる。高そうな絨毯が敷いてあるフロアは広く、多くの人たちで賑わっていた。

立食形式で、テーブルには様々な料理が並んでいる。壁際のコーナーでは、料理人たちが直接料理を提供していた。

「……すごい」

トレイを手にしたウエイターたちは、忙しさを感じさせない優雅さで飲み物を給仕している。

中でも女性漫画家の華やかなことといったら……。

踵を返して帰りたくなったが、僕と似たり寄ったりの服装の人もいて思いとどまる。

スーツを着たキースは、人目を引いた。とりわけ若い女性からの視線が熱い。聞かなくても表情から「あれ誰？」と言い合っているのがわかる。

その時、太った男性が真島先生に近づいてきて挨拶する。

「受付から先生がいらしたと連絡があったので」

「ご招待どうも。友人です」

紹介され、慌てて頭を下げる。

呼ばれてもいないのに、二人もついてきて大丈夫だったんだろうか。お前なんてお呼びじゃないという顔をされるだけかと思ったけど、意外にも真島先生の担当は僕のことを知っていて名刺交換ができた。

「そうですか。次の作品が雑誌に……。楽しみですね」

何年も前に受賞作が『小説あかつき』に載っただけなのに、覚えてくれていたのは嬉しい。

「あ、ありがとうございます」

「新作読ませて頂きますよ。いずれうちでもぜひ書いてください」

「は、はいっ。その時はよろしくお願いしますっ」

社交辞令でも、僕を一人の作家として扱ってくれているのがありがたかった。目を見ない僕をどう思ったかはわからないけど、あまり気にしていないようだ。

ステージに司会の男性が立ってパーティー開始の挨拶が始まると、担当は「ごゆっくり」と言い残して立ち去る。

「まず寿司とローストビーフとステーキだな」

　ステージには目もくれず、真島先生はさっそくとばかりにターゲットを決めた。この人といると、気が紛れる。

「棗先生も気合い入れて」

「えっ、僕も？」

「キースもね。いいネタはすぐになくなるんだ。なんせ老舗寿司店だから。俺、絶対鯛と鰤と鮑ゲットする」

　子供みたいに目を輝かせながら、挨拶終了とともに先生は寿司コーナーに直行した。すでに列になっていて、職人が次々と寿司を握っていく。

「うひゃ〜、もうこんなに並んでる」

　人気作家の先生なら自分で店に行けそうだけど、多分寿司争奪バトルを楽しんでいるのだ。ゲームのキャラを集めるように、目的のものをコンプリートする。

　真島先生に促されるまま寿司、ローストビーフと人気の順でコーナーを回った。途中、クレープをフランベしているところに遭遇し、寄り道をする。

　テーブルにも料理はたくさんあって、キースの手料理でだいぶ食べられるようになった僕でもすぐにお腹いっぱいになった。キースも主なエネルギーは食べ物から摂取しないから、見た目ほど食べない。

「何。もう入らないの？」

「はい、お腹いっぱいです～」

「キースは？」

「僕も十分です」

真島先生は見た目は細いのに大喰(おおぐ)いだ。

その時、背後から声をかけられた。聞き覚えのある声に、心臓が跳ねる。椎名先輩だ。スーツを着た先輩は手にグラスを持って近づいてくる。

楽しかった空気が、一気に冷えた。この感覚は子供の頃にも味わったことがある。学校からの帰りに自分の家が見えてきて、今日はいじめっ子に絡まれなかったと安堵(あんど)した途端、背後から声をかけられる。あの時の絶望が戻ってくるようだった。

「あ、あの……っ」

「やぁ、久し振りだね」

にこやかに笑う先輩は、昔とちっとも変わっていなかった。人当たりがよくて、世話好きで、二重のはっきりした目許(めもと)が特徴のイケメンだ。しかも、大人の男性といった落ち着きもある。

キースには及ばないけど、同じサークルの先輩のファンの中には、アイドルを崇拝するような人がいたのも間違いない。

「ご無沙汰……して、ますっ」

にこやかに笑いながら近づいてくる椎名先輩の目が怖くて、思わず床に視線を落とした。

まずい。どうしよう。

僕は完全に萎縮してしまっていた。また心臓がドキドキして、手が震える。飲み物の入ったグラスを持っているけど、力を入れても感覚がなくて今にも落としそうだ。

「どうやってパーティーに潜り込んだの？」

「俺が連れてきたんですよ」

僕が答える前に、真島先生が横から口を挟んでくれる。前に真島先生は椎名先輩を嫌いだと言っていた。自分にメリットがあるかないかで友達を選ぶタイプだとも……。

僕はそうは思わないけど、なんとなく真島先生とは合わない気がする。クラスのリーダー的存在の椎名先輩と、癖のある真島先生はまったく逆のタイプだ。最近、真島先生が誰に対しても社交的ではないとわかってきた。

「へぇ、今度は真島先生に取り入ったんだ？」

チクリと言われ、僕は反論の言葉がでなかった。取り入ったなんて、悪意がなければ言わない。椎名先輩が僕に対してどう思っているか、突きつけられたようなものだった。

「二人は友人になっただけです。まったく、失礼なことをおっしゃる」

口元に笑みを浮かべながら、キースがいかにも執事っぽい口調で言った。キースのような長身のイケメンに反論され、先輩は躊躇したようだった。

キースなら冷静な思考と口調で先輩を僕から遠ざけてくれるかもしれない。

一瞬そんな考えがよぎったが、すぐに否定した。

もう逃げるのは嫌なんだ。キースと出会う前の僕には戻りたくない。護(まも)られてばかりなんて駄目だ。他人の背中に隠れ続けていたら進歩がない。

僕は、僕を護るように立ってる二人の間から一歩前に出た。

「あの……っ、以前は本当にご迷惑をおかけしました」

「うん。あんな形で面子(めんつ)を潰しておいて、世話になった相手になんの挨拶もなくこの世界で仕事するなんてね。また誰かに迷惑をかけないか心配だ」

言い方は優しかったが、その内容は決して好意的なものではなかった。僕の心臓はますます動揺して暴れる。

「せせ、先輩にはご迷惑をおかけしましたが、今度はっ、自分の力で頑張りますっ」

「それって、二度とあんたの世話にはならないって宣言？　担当を紹介してあげてもよかったんだけど」

「お気持ちだけ頂きますっ。今度は……自分で頑張るって決めたんです。なっ、何かあった時に……っ、ご迷惑をおかけするといけないのでっ。頼るのはやめますっ。お気遣いっ、ありがとうございましたっ！」

目を見ることはできなかったが、僕は自分なりの言葉で気持ちを伝えた。頼るつもりはない。だから、もう関わらないでくれ、と……。

僕にしてはきっぱりとした口調がよかったのか、真意は伝わったらしい。

「そう。ま、頑張って」

それだけ言い残して、椎名先輩は踵を返した。そしてスーツの男性と合流し、会話を交わしながら人混みの中へと消える。真島先生はそちらのほうを見ながら鼻で嗤った。

「へ～、まだそんなに飲んでなさそうなのに、あんなあからさまなこと言うんだ。絵に描いたようなヒールじゃん。おもしれぇ」

「頑張ったね、なつめ」

「し、心臓が破裂しそうだ」

「あの人、チワワにでも嚙みつかれた顔してたな。見直したよ。やっぱ男前じゃん」

「そんなこと……っ」

「あるよ。なぁ、キース。学校を裏で牛耳ってる悪徳委員長みたいなイケメンヒールに楯突いたんだからな」

「たっ、楯突いたっ⁉」

「確かにあれは楯突いたって感じだったよ、なつめ」

そんなつもりはなかったのに、僕はなんてことを言ってしまったんだろう。取り消したいけど、先輩とはもう関わらないと決めたのだ。

「さすがに今度は潰せないでしょ。あいつの息のかかった編集がそうたくさんいるとは思えないし。少なくとも加村さんは棗先生の小説に惚れ込んでるよ」

優しい言葉に、涙が出そうだった。

それから真島先生は、僕たちと話していられないほど編集者やスーツを着た男性陣に囲まれてしまった。しばらく担当らしき人と一緒だったけど、隙を見て逃げてくる。うんざりした顔に思わず笑ってしまった。これ以上長居すると生気を吸い取られると言うので、僕たちも帰ることにする。

一度経験してよかったけど、正直なところあのきらびやかな世界は僕も苦手だ。

「パーティー、すごかったね」

ホテルの前で真島先生と別れた僕たちは、白い息を吐きながら駅までの道を歩いた。雪が降ったらきっと積もるだろう。鼻先が冷たくてマフラーに顔を埋める。

「着飾った女性陣のグループが華やかだった。なつめにとってはいい経験だったね。編集の人に名刺も渡せたし」

キースは自分のことのように嬉しそうにしていた。彼ほど僕を応援してくれる人はいない。

「なつめは克服したんだよ」

「え?」

「親切なふりをした嫌な笑い方をする人に、自分でちゃんと意志を伝えたじゃないか。出版社のロビーで過呼吸を起こすくらいだったのに、今日はとても凛々しかった。なつめのことがもっと好きになったよ」

キースの言葉一つ一つが、僕に突き刺さる。キースは、惜しみなく自分の気持ちを僕に注いでくれる。純粋な気持ちをぶつけてくれる。

これ以上好きになっちゃ駄目なのに、気持ちを抑えられなくなりそうだ。

「ねぇ、なつめ。星ってあんなに綺麗だったんだね」

夜空を見上げながら、キースがポツリとつぶやいた。

空に広がるのは、満天の星とは言いがたい、慎ましい瞬きだった。強い主張を続ける人工的な灯りに圧されながらも、空の高いところで懸命に囁いている。

「ほんとだ。東京でこんなに星が綺麗に見えるなんてめずらしいよ」

「不思議なんだけど、なつめと一緒だと目に映るものが素敵だって感じるんだ。周りの景色がキラキラして見えるんだよ」

「……キース」

僕は泣きそうになった。

キースの口からそんな言葉が飛び出すなんて、出会った頃は想像もしなかった。以前なら見たものを客観的に表現したに違いない。それこそ星が輝いて見える仕組みだとか、本当は星自体は光っていないだとか、専門家のような説明をしただろう。

だけど今は綺麗だとか、気持ちいいとか、主観で言葉を発することが増えた。

「どうしたの、なつめ」

「ううん、なんでもない」

僕は精一杯笑った。

「ねぇ、キース。空気が澄んでるから東京でもこれだけよく見えるんだろうけど、長野のほうはもっと綺麗だよ。いつか二人で行こうか。きなこたちは姉さんに預けてさ」

「本当？　嬉しいよ。結局今回ホテルは予約しなかったし、なつめとなら旅行したい」

「うん。日本で一番星が綺麗に見えるところに行こう」

きらびやかな時間のあとの静けさは、僕を切なくさせた。まだ人通りも多いし、道路は車も通っている。それなのにまるで二人きりになったかのように、僕たちを外の世界から遮断してしまう。

この時間がずっと続けばいいのに。

僕はそう願わずにはいられなかった。ずっと、キースといられたらいいのに……。

「ねぇ、キース。キースってどうやって未来に帰るの？」

「急にどうしたんだい？」

キースが今未来に帰ったら、キースの存在自体が消失する未来を回避できるんじゃないかと僕は思った。好きなら、そうすべきじゃないのかと……。

「僕は帰らないよ。君がたくさんの作品を残すのを見届けるのが僕の役目だからね。僕から未来に連絡することもできないし」

「そ、そう。タイムマシンみたいなものを使って……自分の意志で行き来できると思ってた」

「乗り物に乗ってきたのとは違うんだ。転送されたって感じかな。もしかして、僕に帰ってほしいのかい？」

「まさかっ」

「そう。それならいい。でもなんだか元気がない」

「大丈夫だよ。慣れないパーティーに参加してちょっと疲れただけだから」

駄目だ。言えない。もし自分が消失するかもしれないなんて知ったら、僕なら怖くてたまらない。キースはすでに人間と同じ感情を持っている。僕と結ばれることが自分の死――いや、死ですらない。もともと存在していないことになるなんて、耐えられない。

そして、どんなに不安でもきっと僕にはそんな素振りは見せないだろう。なんでもないように笑ってみせるかもしれない。

そんなのは駄目だ。キースにそんな思いはさせたくない。

「ねぇ、キース。スーパーでみかん買って帰ろうか。お風呂に入って、そのあときなこたちとコタツでゆっくりしたい。明日はバイトもないし」

「そうだね。コタツでみかんって、ダラダラしてる感じがあっていいよね」

東京ではめずらしいくらい美しく輝く星の下で、僕は願った。これ以上、キースを好きになりませんように。キースがいなくなりませんように。

星に願いを——オルゴールでよく聴く曲が、ふいに僕の頭の中を流れる。

操り人形だったピノキオは願いが届いて最後には人間になれたけど、キースはずっとアンドロイドのままだ。そして、未来が変わると消えてしまう。僕たちの現実に魔法なんてものは存在しない。

それを回避するただ一つの手段は、僕がこれ以上キースを好きにならないことだ。

人の気持ちは変わる。いずれ僕は別の誰かと出会って、また恋に落ちるのだろう。だからまだキースは存在している。今は想像もできないけど、僕が今まで恋してきたのは女性だ。あり得ない話じゃない。

いずれキースへの気持ちが思い出になって新しい恋をすると考えると複雑だけど、それでいい。キースが好きだ。消えて欲しくない。

だから僕は、僕の意志でキースへの想いに蓋をする。キースを護る。そう決意した。

「寒くないかい？」

「うん、あったかいよ。キースといると、あったかい」

かけられる優しい言葉に、キースと一緒にいられる幸せを感じながら夜道を歩く。

だけど、僕はまだ気づいていなかった。現実はもっとつらく、容赦ないことに……。キースを失う可能性が僕が子孫を残さない——キースの存在自体が消滅してしまうことだけだと思っていた僕は、ほどなくして自分の浅はかさを知る。

きなこがいなくなった。

その日、僕はアルバイトから帰ってすぐに異変に気づいた。キースの姿もなく、外に見に行くとちょうど戻ってくるところだった。キャリーケースを手に顔をしかめている。ただごとではない様子に、僕は彼のもとへ駆け寄った。

「どうしたの？　きなこの姿がないけど」

「ごめんよ。僕のせいなんだ。夕方外に飛び出して、戻ってきてない」

「えっ、何があったの？」

話を聞くと、この前から調子の悪かった給湯器の修理に来てもらった時に、きなこが外に出たらしい。作業の人に玄関を開けっぱなしにしないよう言って、自分も彼らの行動に気をつけていたが、考え事をしていてきちんと見ていられなかったようだ。

運悪く、見習いの若い作業員が外に出た時に扉を閉め忘れた。玄関付近から台所の様子を窺っていたきなこは、脚立を持って家の奥から出てきた作業の人に驚いて玄関から飛び出したのだという。

「すぐに追いかけたんだけど……」

「だ、大丈夫だよ。捜そう」

「僕はポンコツだ」

泣きそうな顔でキースがポツリと言った。

優秀なアンドロイド。間違いなんて絶対に犯さない。だけど君は不完全になったんだ。より人間に近づいた。人と同じ心を持って、ぼんやりしてしまったんだ。君が悪いんじゃない。

「役立たずだよ」

「そんなこと言わないで、キース。全然そんなふうに思ってない。大丈夫。猫は怖がりだからそんなに遠くには行かない」

それは、自分自身への言葉でもあった。大丈夫、きなこはきっと見つかる。

僕たちは名前を呼びながら近所を捜した。辺りはすでに暗くなっている。懐中電灯であちこち照らすが、きなこどころか野良猫一匹いない。

「きなこ〜、ごはんだよ。きなこ〜」

どこか安全な場所に隠れていればいいけど、野良猫に出会して襲われたりしていないだろうか。今日見つからなかったら、保健所に持ち込まれていないか確認して、付近の動物病院にも電話しよう。警察に届けることも忘れちゃいけない。保護され、拾得物として警察で保管している場合もある。

しばらく捜し回っていると、お隣の中野(なかの)さんが出てきた。僕が帰る前にキースが事情を話していたようだ。他にも数軒の家を訪ねて、庭を捜させてほしいと頼んだらしい。

「なつめちゃん！　お友達も！　きなこちゃんみたいな猫がいたって電話があったわよ」

「えっ、本当ですか！」

キースが近所に声をかけたおかげで、情報が入ってきたのだ。特に中野さんは社交的で近所づきあいを積極的にしている。そんな中野さんだから、みんなが協力してくれたのだろう。

「お友達があんまり心配してるから、ご近所さんに電話して回ってたの。そしたら二丁目のほうで見た人がいてね。桑原(くわはら)さんのお宅知ってる？　あそこの隣の空き地に太めの茶色い猫がいたって」

「ありがとうございます。見てきます。行こう、キース」

「ああ」

僕たちは急いだ。空き地が見えてくると懐中電灯で草むらを照らす。まず小さな声で呼んでみた。耳を澄ませてもう一度。

「きなこ～。ご飯だよ～」

できるだけ普段と同じ口調を心がけて、何度か繰り返した。すると小さな声が返ってくる。

「あっちだ、なつめ。奥の家のほう。昼間捜させてもらった家だ」

僕たちは腰の高さほどある柵から身を乗り出して家の敷地を覗き込んだ。名前を呼ぶと、また猫の鳴き声が返ってくる。さらにもう一度。倉庫の方だとわかった。倉庫と壁の隙間を照らした瞬間、光が二つキラリと浮かび上がる。猫の目だ。身を乗り出して覗き込むと、きなこがいる。

「きなこっ！」

きなこは狭いところで蹲(うずくま)っていた。怖くて隠れていたのだろう。よかった。猫が外に出たらまず家の周りを探せっていうけど、本当に近所にいた。

「キース、いたよ。きなこだ」

「よかった。きなこ、ごめんよ。おいで～、ごはんだよ～」

滅多に外に出ないきなこにとって外の世界は怖いようで、僕たちが何度呼んでも返事をするだけでなかなか動かない。柵の隙間は猫一匹が通れるくらいあったため、空き地側にキャリーケースを置いて、中に大好物のおやつを入れた。それでも駄目だ。そうこうしているうちに僕たちの存在に気づいた近所の人が様子を見に出てきた。

その足音に驚いたのか、きなこは僕たちの足元をすり抜けて走っていく。

「あっ」

すぐに追いかけたが、道路に出た瞬間、僕は横から照らしてくる光に目を細めた。白い二つの光は最近増えたＬＥＤのヘッドライトだ。視界を真っ白にする人工的な光の中に、猫のシルエットが浮かんでいる。キースが飛び出した。

猫が交通事故に遭うのは、ヘッドライトに目が眩んで立ちすくむからだという。まだ車との距離はあるのに、きなこも道路の真ん中で動けなくなっていた。

激しいブレーキ音とタイヤが焼ける微かな匂い。衝撃音。

思わず目を覆った。目を開けた瞬間、道端に転がっているキースが目に飛び込んできて、慌てて駆け寄る。

「――キースッ！」

「早くケースをっ！」

キースは暴れるきなこを両腕でしっかりと抱き、首輪を摑んでいた。手を緩めるとまたどこかに走って逃げてしまう。力ずくでキャリーケースに入れた。パニックに陥っているけど、捕獲はできた。キースのおかげで怪我もないようだ。

「だ、大丈夫ですか？」

運転手が出てきてオロオロしていた。軽くだけど、接触したのは間違いない。僕もキースの怪我が心配だった。

「すみません、いきなり飛び出して。大丈夫ですから」

「でもお怪我は……」

「ないです。猫を捜してたんです。やっと捕獲できたんでこのまま家に帰りたいし、擦り傷だけだから本当に気にされないでください」

男性はオロオロしながらも、警察を呼んで現場検証しなくていいとわかるとホッとしたように何度も頭を下げて車に乗った。

キースは人間じゃない。病院なんかに連れて行かれたら、すぐにばれてしまう。もし、現在のテクノロジーよりずっと優れたアンドロイドがいたとなれば、技術の解明に乗り出すだろう。僕なんか太刀打ちできない機関が出てきて、キースを連れていってしまうかもしれない。

そして、何よりキースは病院で治療できないのだ。当たり前だけど、未来の技術を駆使して作られたアンドロイドを修理するのは、この世界では不可能だ。

「キース、大丈夫?」

「ああ、平気だ。とりあえず家に帰ろう」

まだ興奮の収まらないきなこが、キャリーケースの中でしきりに「アーオ、アーオ」と鳴いている。その声は僕の不安を大きくした。宵闇の中で聞く猫の声は、時折不吉なことが起きる前触れのように心に響く。

「あら、きなこちゃん見つかったの? さっき向こうで急ブレーキが聞こえたけど大丈夫?」

中野さんが僕たちを心配して家の外に出てきていた。

「ありがとうございます。轢かれるところだったけど、おかげさまで捕獲できました」

「あら、やっぱりあの音ってなつめちゃんたちだったのね。でもよかった～。結構響いたからスピード出てたでしょ。びっくりしたわよ」

「心配かけてすみません」

「いいのよ、無事だったんだから。お友達もよかったわね。居候の身がきなこちゃんを逃がしてしまってて、昼間は死にそうな顔だったもの～」

僕たちがもう一度頭を下げると、中野さんは手を振りながら家の中へと入っていった。

家に着くと僕たちはきなこをキャリーケースから出してやる。まだ落ち着かないのか、しきりに毛繕いをしていた。チビ丸が近寄っていくと互いに鼻同士をくっつけて匂いを嗅ぐ。きなこが再び毛繕いを始めると、チビ丸はその隣にちょこんと座った。呑気にあくびをしているチビ丸に、僕たちもようやく人心地つく。

「よかった。僕のせいできなこが行方不明になったらどうしようって思ったよ」

「もう大丈夫だよ。それよりキースが心配だ。本当にどこも異変はない？」

「ああ」

「でも、具合が悪そうだ」

「平気だよ」

キースの顔色はよくなかった。人間で言う具合の悪い状態になれば、わかるようになっているのだろう。どこか故障したのかもしれない。それなのに、分解して確かめることもできないのだ。

「こういう時ってどうしたらいいの？」

「大丈夫、少し休めばもとに戻るよ」

キースはソファーに座り、背もたれに躰（からだ）を預けて目を閉じた。端正な顔立ちは相変わらずだけど、やっぱり調子が悪いように見えてそっと顔を触ってみる。すると驚くほど冷たくなっていた。急に怖くなる。

「ねぇ、どこか苦しくない？　痛みは」

「うん、平気だ」

「キース？」

「うん？」

返事はするけど、目を閉じたまま動かなくなった。声をかけることしかできない自分が、もどかしい。声を出すだけでもつらいなら放っておいたほうがいいだろうと、しばらくキースの様子を見守りながら座っていた。

僕には何もできない。なんの知識もない。

時計の秒針の音が、やけに耳についた。こんなに音が響くなんて驚いた。いつもテレビや他の音に掻（か）き消されて聞こえなかった。チッ、チッ、チッ。何かよくないことが起きるカウントダウンのようだ。

どのくらいそうしていただろうか。僕はそっとキースに手を伸ばした。

「……キース？」

さっきよりもずっと冷たかった。これは、人間で言う『死』を意味するのか。

「キース？　キースッ」

何度呼んでも反応がなくなり、思わず揺り動かした。それでもキースは目を覚まさない。

どんどん速くなっていく心音とは裏腹に、時計の秒針は正確に時間を刻んでいた。

キースが完全に動かなくなった。

翌朝、僕は静まり返った部屋の中でキースの隣に座ったまま、ぼんやりと絨毯を眺めていた。

あれから何度か声をかけたが、夜中に二度ほど反応があっただけで最後に声を出した時には

ほとんど言葉になっていなかった。

ニャア、ときなこが足に擦り寄ってきた。

「……ああ、ごめん。お腹空(す)いたよね」

きなこたちのご飯の時間だ。猫用のトイレも掃除しなくちゃいけない。昨日の夜は、ごはんをあげただろうか。よく思い出せない。

きなこ用とチビ丸用のカリカリをそれぞれ皿に盛り、トッピングを載せた。定位置に置くと、並んで食べ始める。大きな躰と小さな躰。

お皿に顔を突っ込んでカリカリと音を立てているのがかわいくて、思わず笑った。そして、ジワリと目頭が熱くなる。

どうしよう。キースが本当に壊れてしまったら僕は――。

「大丈夫。キースは休んでるだけだ」

自分にそう言い聞かせながらも、この状況をなんとかできないか考えた。

誰か機械工学やロボット工学の専門家に見てもらえば、何かわかるかもしれない。でも、どうやってそんな人たちとコンタクトを取ればいいのだろう。未来の技術を搭載したアンドロイドがいるなんて言っても、多分信じてもらえない。

キースを失うことに怯えてたけど、こんな形でそれが現実になるかもしれないなんて……。

気がつくと、きなこたちのお皿は空になっていた。まだ足りないらしく、きなこはいつまでもお皿を舐めている。さらにチビ丸の空のお皿にも顔を突っ込んだ。

『きなこちゃんは少々太り気味ですね。あの大きさだと、体重は四・五キロ未満に抑えておくべきでしょう』

キースが来たばかりの頃、そう言われたのを思い出す。あの頃は、まだしゃべり方も硬くて僕を『ご主人様』と呼んだ。自分のことも『わたし』と表現し、言葉使いも敬語で他人行儀だった。彼の進化を噛み締めるにつけ、切なさに胸が締めつけられる。

「キース……」

電話が鳴った。留守番電話に切り替わる。

アルバイト先からだった。そういえば、もう出勤してなくてはいけない時間だ。電話にも出なきゃ。電話で遅刻したことを謝って、今日は具合が悪いから休ませてくれと言わないと。

何度もそうしようとしたけど、躰が動かない。何もできない。

駄目だ。きなこたちもいるのに、僕がこんなんじゃいけない。多少の貯金はあるけど、まだ小説だけでは食べていけないのだ。アルバイトをクビになったら、きなこたちのご飯や猫砂を買ってあげられなくなる。ちゃんとしなければ……。

どのくらいの時間を費やしただろう。何度も自分を奮い立たせ、僕はようやく立ち上がるとアルバイト先に電話をかけた。

まず遅刻を詫び、具合が悪いと嘘をついた。それまで皆勤賞だったからか、心配はされたけど特に注意されることなくすんなりと休みが貰える。なんとかそこまですると、少し動けるようになった。

落ち着くためにも、なるべく日頃と同じことをしよう。猫のお皿を洗って、猫トイレを掃除する。きなこが外にいた時間を考えると、動物病院に連れていったほうがいいと思った僕は、キャリーケースを出して準備をした。

お腹がいっぱいになってチビ丸と一緒に寝ているきなこを、中に入れる。

「行ってくるね、キース」

ずっと同じ格好のままのキースに声をかけたあと、近くの動物病院に向かった。行きつけの動物病院は平日にもかかわらず混んでいて、診察まで一時間ほど待たされる。

「一ツ木さん、どうぞ」

獣看護師さんに呼ばれ、診察室へと入った。昨日のことを話して怪我がないかなど診てもらう。どうやら喧嘩はしていないようだ。万が一野良猫に噛みつかれでもしていたら、病気を貰っている可能性もある。

大丈夫だと太鼓判を押され、会計を済ませて家路につく。その頃になると、僕はキースがいつもどおり僕の帰りを待っているんじゃないかなんて期待をしていた。

ただいま。お帰り。

何度も交わした挨拶を、これほど懐かしく感じたことはない。

「ただいま」

玄関先で家の中に向かって声をかけた。

『お帰り』

返事はあったけど、現実のものではなく僕の記憶の声だった。それほど僕らの挨拶は日常になっていた。

ただいま。おかえり。こんなたわいもない挨拶が、実はいつ壊れるやもしれぬ薄氷の上に立っていると実感した。日常とは、危ういバランスで保っていられる幸運だった。

キースはリビングで目を閉じてソファーに座り、天井を仰ぐ格好で背もたれに躰を預けている。僕が家を出た時のままだ。

きなこをキャリーケースから出してやり、今度は洗濯をしに洗面所へ向かった。以前はため込んでいたのに、今は洗濯籠には二、三日分の洗濯物しかない。洗濯機に全部移したところで、僕の動きは止まった。

「……キース」

もう駄目だ。これ以上、平静を装っているのは無理だ。叫び出したい衝動に駆られる。

キース、キースッ、――キース……ッ！

だけど声に出そうとした次の瞬間、コト、と背後で音が聞こえた。振り返ると洗面所の出入り口のところにキースが立っている。

「え……」

僕はただ黙って見ていることしかできなかった。声が出ない。息をするのもやっとだ。きっと僕は酸素不足の金魚みたいに、口をパクパクしていただろう。

「なつめ、どうしたんだい？」

「キー……ス」

キースは生きていた。生きて、立っている。壊れてなんかいなかった。

「洗濯してるのかい？」

泣きそうだったけど、なんとか堪えた。それでも涙声になるのは、どうしようもない。

「……うん、……洗濯、いつも……キースが……、してくれる、から……」

「どうして急になつめがしようと思ったんだい？　それにアルバイトはどうしたの？」

「……キースが……動かなくなった、まま、だったから……っ」

僕の様子から状況がわかったようだ。キースはようやく合点がいったという顔をし、申し訳なさそうに言った。

「そうか、昨日帰ってからの記憶がなくて……おかしいと思ったんだ。ゴメンよ。一時的に停止しただけだと思う。パソコンなんかも再起動するだろう？　それと一緒だよ」

「記憶とか……リセットされないの？」

僕の言葉に、キースの表情が緩む。

「されないよ。されたらこんなふうに話してないだろう？」

「そ、そうだね。僕は……何を……」

「でも、リセットされてたらまた出会えばいい。僕は何度やり直しても、何度記憶を消されても、なつめを好きになる自信があるよ」

「！」

「何度やり直しても、僕は絶対になつめを好きになる」

いきなりそんなことを言うなんて、ずるい。僕は、僕の気持ちを抑えられなくなりそうだ。

黙ったままでいたからか、キースが僕の様子を窺いながら近づいてきた。動いている彼を見て、ますます目頭が熱くなる。少し前まで冷たくなっていたキースが、動いている。

彼を失ってなどいなかった。

「驚かせちゃったかい？」

「うん、でも……ちょっと、びっくりしただけ……」

「ごめんよ、教えておくべきだったね」

キースの手が伸びてきて、目許に触れられた。そうされて初めて、とうに涙が溢れていたのに気づく。

たまらず、僕は無言のままキースに抱きついた。

こんなことしちゃ駄目だとわかっているのに、自分を抑えられない。今だけでいいから、キースが生きていることを実感したかった。

あんなに冷たかった躰は、普段どおりのキースの体温を取り戻している。

キースは黙って僕の抱擁を受け入れていた。微動だにせず、抱き締め返すこともせず、ただ成り行きに任せている。いつまでもこうしていると、いろんなことに気づかれそうで、作り笑いを浮かべて離れた。

「ごめん、もう落ち着いた」

「どこにも行かないよ。できることなら、そう約束したい」

キースの言葉に心臓が小さく跳ね、顔を上げる。何度も心を奪われた彼の碧眼に捉えられ、目を合わせたまま、これから放たれる言葉に身構えた。

「なつめがずっと怯えてるのは、僕が存在しなくなる可能性にだね？」

「！」

硬直して動けなかった。笑って「なんのこと？」と言いたかった。けれども、僕の心はすでにいっぱいいっぱいだ。

「僕がなつめと愛し合ったら、なつめは結婚しない。子供が産まれない」

「でも……っ」

「楓子さんの恋人は同性だ」

「ぁ……、……急に……なん、で、……そん……な、……話……、……っ」

なんとかこの場を誤魔化そうと思ったけど、キースは僕を見下ろしながら目を細めて諭すように続ける。

「未来ではね、楓子さんみたいに同性同士で愛し合うのは特別なことじゃない。だから、わかるんだ。見慣れてるんだ。すぐに楓子さんの恋人が女の人だってわかったよ」

「……やめて……っ、キース」

口にしたら怖れていることが今にも現実となって迫ってきそうで、僕は彼を制した。けれどもキースはやめない。

「なつめが僕を好きになったら、僕が存在する条件が崩れる。そうだね？」

「やめて、キース。お願いだから、やめて……。わかってるなら、これ以上……っ」

「でも、僕はまだここにいるよ」

自分の存在が危ぶまれると知っていたなんて、それでもそんなことは微塵も感じさせずにいたなんて――。

「いいんだよ、なつめ。泣かなくていい」

「でも……、僕がもっとキースを好きになったら……もう二度と……他の人を好きになれないくらい、キースを愛してしまったら……っ」

「それでも構わない」

「！」

「それでもいいんだよ、なつめ」

どうしてそんなことを言うのだろう。僕はそんなのは嫌だと、首を横に振りながらキースを見上げた。穏やかな瞳は、彼の言葉が嘘でも負け惜しみでもないと訴えていた。

「僕は、この気持ちを人間の感情と同じだと思ってる」

それは僕もだ。僕もキースの感情をＡＩが学習したただの反応だとは思っていない。そう伝えると、嬉しそうな顔をする。

「だからこの気持ちを大事にしたい。僕は、本来持てるはずがなかったかもしれない感情を手に入れることができた。なつめのおかげだ。だからこそ、なつめへの想いにブレーキをかけたくないんだ」

「……キース……ッ」

「お願いだ。なつめも心にブレーキなんかかけないで。心を持つことができた僕に、素直に君の気持ちをぶつけてほしい。僕もそうするから」

ああ、もう駄目だ。

僕はこれ以上自分を偽れない。

「触っていいかい？」

僕は無言で頷いた。

キースが望むなら応じたい。触っていい。触って欲しい。

頬に手を添えられて目を閉じた。愛おしげに触れられる幸福。胸がいっぱいになる。

ごめんなさい、神様。ごめんなさい。

僕が自分の気持ちにかけていたブレーキを解くことで、失われる命があるかもしれない。僕のこの行動が、未来に誕生するはずだった誰かの存在を消してしまうかもしれない。少なくとも、僕が結婚して生まれるはずだった子供が誕生することはない。

だけど僕はもう、自分の気持ちをとめられない。とめる術を持たない。きっと手遅れだ。この想いのせいで消える命があるなら、どうか身勝手な僕を許してください。


キースの存在が消失してしまうかもしれない。

そんな不安を心の隅に残したまま、僕は求められるに任せて自分を差し出した。

消えないでほしい、ずっと一緒にいたい、と思いながら気持ちを抑えることができずに熱情に従う僕は、多分身勝手なのだろう。

だけど、誰かを好きになる気持ちを自由にコントロールするなんて、所詮無理なのだ。出会った瞬間から、僕らの運命は決まっていた。キースを送り込んだ僕の子孫も、まさか僕たちが恋に落ちるなんて、自分の存在をも脅かす事態に発展するなんて想定していなかっただろう。

天才にも見破れなかった僕たちの恋。

その事実が、気持ちをより昂らせていた。

「なつめ……っ」

「キース……ずっと傍にいて」

残酷な言葉を口にしながら、それでも僕は自分の想いをぶつけた。それが、自分を愛してくれる人へ示す誠実さだと信じている。

キースは嬉しそうだった。きっと僕が素直な気持ちを口にすればするほど、人と同じ心を手にしたことを噛み締めている。

「傍にいるよ。いつまでも、できる限りいつまでも傍にいる」

ああ、なんて幸せだろう。

破滅に向かう恋だとわかっていながらも、僕はこれ以上ない喜びを感じていた。今の僕ほど誰かを好きになれる人は、いったいどのくらいいるのだろうか？　その相手に巡り会える確率は、どのくらいあるのだろうか？

僕はこの出会いを幸運だと言いたい。いつか失うとわかっていても、出会わなければよかったなんて思わない。

どんな結末が待っていようと、出会えてよかったと最後に思える自信がある。

「愛してる、なつめ」

「あ……っ」

キースは僕の躰を調べていくように、服の上からつぶさに手を這わせていった。布越しに感じる体温。熱い手が僕の肌を優しく刺激する。触れられた場所から発熱し、細胞の一つ一つが歓喜していた。

もっと触って欲しい。もっと触れ合いたい。直接触って欲しい。いつか来る別れの瞬間まで、キースを感じていたい。

「好きだよ、なつめ。大好きだ。……愛してる」

何度も口にされる愛の囁きに肉体的な悦(よろこ)びと精神的な喜びが、同時に押し寄せてくる。

「僕も……好きだ、キース……、僕も……っ」

「ごめんよ。僕はなつめと繋がれない。でも、なつめを悦ばせることはできる」

「いい、そんなこと……どうでもいい」

「成人男性なのに……？　僕はなつめのありのままが見たい」

「ぁ……っ」

不意にキースの手が下に移動した。パンツの上から尻の割れ目に指を這わされる。くすぐったくて、それでいてどこかもどかしい刺激に僕の下半身は反応した。下着の中は窮屈だと訴えている。

自分の気持ちに素直な僕の躰――。

キースに知られるのは恥ずかしいけど、知ってほしい。僕はこんなにキースを欲しがっているんだ。キースに触って欲しいって、心底願っている。

「ここも感じるんだよ」

無意識に逃げると、腰を強く抱かれて引き寄せられた。そして今度は、両手で双丘を鷲摑(わしづか)みにされる。いつも紳士的な振る舞いのキースが見せる野性的な一面は、僕を悦びの海に深く沈めた。このまま溺れて這い上がれなくなっても後悔しない。

「男同士は、ここで繋がるんだよ」

「はぁ……っ、……ぁ……あ」

躰を反転させられ、鏡に映った自分の姿が目に飛び込んでくる。そして、洗面台の縁に手をついた状態で衣服を剝ぎ取られていった。一枚一枚、僕たちの間にあるものを排除していく行為は、二人に立ちはだかる障壁を取り除く作業だった。それを、鏡越しに見る。

決して成就しない恋。添い遂げることができない恋。

だけど、絶望はしない。

「ぁあ……っ」

僕の躰は細くて頼りなかった。とても欲望を刺激するスタイルとは思えないけど、キースにとっては違うらしい。熱い吐息とともに熱っぽい言葉を耳元で囁いてくる。

「なつめ……、僕のなつめ……、もっと、見せて……」

キースはしきりに僕の反応を見たがった。欲望に濡れる僕の姿に、興奮するのだろうか。気持ちよくなれるのだろうか。

それなら僕はどんな格好でもする。恥ずかしくても隠さない。浅ましい僕を見てもらいたい。

キースは洗面台の棚に手を伸ばした。そこにあったのは軟膏だ。

僕の身を包むものは、下着一枚だけになっていた。それを太股のつけ根までずらされる。全裸より恥ずかしい格好。小学生が穿くような色気のない白い綿のブリーフというのも、その思いをより大きくする。

「ぁ……っ」

軟膏の冷たさに反応すると、キースはクスリと笑った。時々見せる意地悪な一面も、僕の欲望を煽るスパイスだ。

「ごめんよ、冷たかったね」

優しくて意地悪な指は、僕の蕾をじっくりとマッサージしはじめた。くすぐったい。それなのに、僕の中心はさらに張りつめて濡れそぼつ。

「あぁ……っ、ぅん……、んぁ……あぁ……」

「綺麗だ、なつめ……」

「そんな、こと……っ、……ぁあ……っく、……ッふ、……はぁ……っ」

「僕には……肉体的な快楽を味わう……機能は、ついてない。でも……っ、見ているだけで、全身が気持ちよくなるんだ。ど……してかな？　これが……っ、これが性的に……気持ちいいってことなのかな？」

キースの言う快楽が僕が感じているものと同じかどうか証明する手段はない。だけど、キースがこれまでにない興奮に見舞われているのはわかった。息が熱くて、荒い。

それとは裏腹にあまりに優しい指使いに、僕のそこはもどかしさに疼いた。欲しがる気持ちを抑えられずに躰だけが暴走しそうだ。

「どうしたんだい？」

「なんで、も……」

「なんでもないって顔じゃない。どうしたんだい？　言って」

「意地悪……っ」

「意地悪されるのは嫌い？」

僕は首を横に振った。キースに意地悪されるのは、嫌いじゃない。

「じゃあ好き？」

今度はコクリと頷く。

好きだ。僕は、キースに意地悪されるのが好きだ。だから、もっと——。

「意地悪、して……」

「悪い子だね」

「んぁ……あ……ぁ……、んあぁ……」

軟膏を塗った指は僕の蕾をジワリとこじ開けて奥に侵入してきた。もどかしくて、腰がふわふわして、無意識に尻を突き出してしまう。

もっと奥に欲しかった。キースの長くて美しい指で僕を狂わせてくれるなら、僕はどんな罪も犯してしまうだろう。

顎に手をかけられて振り返ると、キースの唇が目に入った。

なんて綺麗な人なんだ……。

光に透ける長い睫。嫌みのない高さの鼻筋。唇もほどよく色づいていて、歯並びもいい。微かに開かれた唇の間から白い歯が覗く様子はセクシーで、僕の心は蕩けた。

おとぎ話に出てくる王子様のような端正な顔立ちなのに、僕を翻弄する指は次第に身勝手な動きを始める。

「ぅん……っ、んんっ、……んぅ……ん、……んぁ……」

侵入してきた舌にじっくりと口内を舐め回されて、ますます昂った。キースの舌に誘われて僕も舌を差し出して絡め合う。

唇に触れたキースの歯に、ビクンと躰が跳ねた。柔らかい刺激の中に時折姿を見せる鋭さが、僕に危機感を植えつける。

「あっ！」

さらに唇を噛まれて、声があがった。僕の下半身はギリギリで、キースにやんわりと摑まれただけでイきそうになった。

「いいよ、イッていいんだ」

「駄目、……ぁ……ん、……ん、……駄目……っ」

「見せて。僕は見るだけで興奮する。僕がなつめを乱してるんだよね」

「そう、だよ。……そう、キースが僕を……」

「じゃあ、これは……？」

「ぁあ……っ」

　僕の中でキースの指が卑猥な動きをする。優しく見つめながら僕の躰を逐一調べていくようなやり方に、ますます昂った。キースは僕の反応に興味津々だ。そんな性的な好奇心に晒されるのもまた、悦びに他ならない。

「や……っ、ぁあっ、んっ、……ぁ……あ……ん、……いや……ぁ」

「嫌なんかじゃない。そうだね」

　そうだ、嫌じゃない。全部知ってるくせに、言葉で確かめるなんて意地悪だ。

「わかるよ。わかるようになった。嫌じゃない。もっとして欲しいんだね？」

　形のいい唇は、なんでもはっきりと言葉にする。人間の感情を手に入れたばかりのアンドロイドは、自分の感じたものが本物なのか確かめたいのだ。

「ぁ……ん、……ぁあ……ん、……ん」

　何度も口づけを交わした。戯れるように何度も音を立て、互いを求める。

「はぁ……っ、……んぁ……あ……、……ぅん……ん、――ん……ッふ」

　気持ちよくって、限界はすぐそこだった。もう、イッてしまいたい。

「んぁ、……キース」

「なんだい?」

くちゅ、くちゃ、と濡れた音が吐息に混ざる。いやらしい音を立てているのは、僕のあそこだ。キースの長くて綺麗な指が、丁寧に僕の浅ましさを暴いていく。

「綺麗だ、なつめ……、すごく……綺麗だよ」

「やだ、……や……っ、やだ……ぁ、……駄目、だめ……っ」

首筋に噛みつかれて悲鳴にも似た声をあげた。だけど、痛みすら快楽を誘うことを僕はこの時知ってしまった。興奮したキースが我を忘れて僕の躰に歯を立ててくるなんて、これほど嬉しいことはなかった。

「ぁ……、なつめ……っ、……僕は、変だ……、こうしてると、全身がゾクゾクする」

左膝を抱えられ、狭い洗面台の上で僕は追いつめられた。手が滑りそうになっても許してくれない。

「ぁあ、やだ……、やぁ……っ」

足を大きく開いてあそこを見せながら、僕はこれまでに感じたことのない快感に溺れた。

「見せて、……なつめ、……もっと、見せて……」

キースの中心に変化はなかったけど、注がれる視線は男性器の鋭さをもって僕を何度も突き刺した。実体があるかのようだ。実体がないのが、不思議なくらいだった。

「ぁあ、あ、そこ……っ」

「ここかい？」

「そこ、そこ……っ」

「ここ？　それとも、ここ？　ここもだね？」

「やぁ……、や、や、やっ、やぁ……っ」

三本に増やされた指をしゃぶる僕の蕾のはしたないことと言ったら……。

濡れた音とキースの獣じみた吐息が、僕をいっぱいにした。その音に包まれていると、キースと繋がっている気がして高みはすぐにやってくる。

「やぁ……、や……っ、――やぁぁぁあ……っ！」

僕は下半身を震わせ、キースの目の前で白濁を零していた。

余韻にビク、と躰が反応し、脱力する。自分の足で立っていられない僕を、キースはそっと抱えて床に座らせてくれた。

「……ごめ」

「どうして謝るんだい？」

「だって……、――ん……」

自分だけ、と言おうとして、唇を奪われる。

「僕も気持ちよかった。信じられないだろうけど、僕も……君がイッた瞬間、頭の中が真っ白になるくらい、興奮したよ」

「ほんと……？」

「ああ。人間の射精とは違うかもしれないけど、僕も気持ちよかったんだ」

「……嬉、し……」

「ねぇ、なつめ。もう一回していい？」

ねだるキースは、本当に気持ちよさそうだった。目許を紅潮させ、僕を凝視する瞳には熱情が浮かんでいる。

今度は向き合った格好でキースの首に腕を回してキスをねだった。お互いの躰を抱き締め合って気持ちを確認し合う。

「……キース、……もう一回、して……」

僕は恥ずかしげもなく脚を開いた。


いい天気だった。

はしゃぐ子供の声がどこからともなく聞こえ、庭の洗濯物が風に靡(なび)く。絵に描いたような平和な休日に、仕事の疲れも癒やされるようだ。

あれから僕たちは、平和な日常を送っていた。朝起きてご飯を食べてアルバイトに行き、戻ったらキースが「お帰り」と僕を迎えてくれる日々。

怖れていたはずの現実が襲ってくる気配はない。

その頃になると、別の可能性を考えるようになっていた。キースをこちらに送り込んだ一ツ木一樹（かずき）という人は、もしかしたら僕とは血が繋がっていないのかもしれない。DNA検査をしたわけではないのだ。夫婦でも長年一緒にいると似てくるという。

たとえば僕が養子でも貰って、その子が僕に似てきたという可能性もある。そして僕の性質を受け継いだ子が、また子供を育てて……。

いつしかそれは僕の中での事実のように変化し、小説の仕事が上手（うま）くいっていることも手伝って前向きに捉えられるようになっていた。二人の時間を大事にしようという気持ちも、そう思い込むことに拍車をかけたのだろう。

そして季節は移ろい、僕にさらなる幸運と言えるニュースが舞い込んでくる。

「すごいな。本当に書籍になるんだね?」

「うん。まだ信じられないけど、雑誌の評判がよかったんだって」

加村さんからの電話を切った僕は、すぐに一階に下りていってキースに報告した。

雑誌に掲載されてから二ヶ月後に話があったが、このたび続編を書き足しての書籍化が正式に決まった。雑誌掲載も嬉しいけど、自分の本が書店に並ぶと思うと感慨深い。

ずっと憧れていた。自分名義の本。雑誌が出た時も書店を見て回ったけど、今度はもっとあちこち行くことになりそうだ。

「やっぱり僕の言ったとおりだったろう？　なつめの小説は、他人の痛みを知っているからこそ書ける話だ。優しくて……でも優しいだけじゃない。人間の感情が物語から溢れてくる。きっと読んだ人は僕と同じように感じたんだよ」

「キースのおかげだ」

「そんなことはないさ。君の努力の賜だよ。そうだ、お祝いをしよう。今日はご馳走を作るよ。きなこたちはトッピング増量だ。きなこ、チビ丸。なつめの本が出るんだって」

きなこたちは言葉を理解しているかのように、キースの足に擦り寄った。くしゃくしゃに撫で回すと、チビ丸は興奮して尻尾がぷーっと膨らむ。まるでタヌキだ。それを見て、二人で声をあげて笑う。

「ねぇ、キース」

「なんだい？」

「旅行しない？」

チビ丸を撫で回すキースの手が止まる。そんなに驚くことじゃないのに、信じられないという顔で僕を見るから俄然行きたくなった。

「いいのかい？」

「うん、ずっと考えてたんだ。バイトと原稿で忙しくて先延ばしにしてたけどいいチャンスだし、お祝いも兼ねてどう？　姉さんにきなこたちの世話を頼めば泊まりで行ける」

キースは笑顔になった。返事を聞かずともそれだけでわかる。大歓迎だ。

「もちろんだよ、大歓迎だ」

予想どおりの言葉に、僕は嬉しくなった。そして、ずっと心の隅でこっそり計画していたプランを提案する。

「旅行先だけど、長野に行きたいと思ってるんだ」

「長野？」

「うん、そう。長野。日本で一番星が綺麗に見えるって場所があるって言っただろ？」

僕は出版社のパーティーに行った時のことを思い出していた。帰る道すがら、星空を眺めながらキースはこう口にした。星ってあんなに綺麗だったんだね、と……。僕と一緒だと目に映るものが素敵だと感じるとも言っていた。

キースが人の心を手に入れたことは、キース本人だけでなく僕にとっても幸運だ。それなら、その幸運を存分に味わいに行くのもいい。

「いいね、行きたい。なつめと一緒に星空を眺めたい」

「よかった。じゃあ決まりだ。まずホテルから探そう。ツアーとかいろいろあるんだって」

スマートフォンを取り出し、旅行会社のサイトを検索した。日本一天体観測に向いているという触れ込みで、情報が山ほど出てくる。子供向けのプランから恋人たちが喜びそうなプランまで。

　キースと肩を並べてこんなふうに旅行を計画しているだけで、ワクワクしてきた。好きな人がいると、楽しみは倍増する。自分も行きたいと訴えるように、チビ丸が膝に乗ってきた。ゴロゴロと喉を鳴らしながら甘えるチビ丸のお腹を触りながら、キースは嬉しそうに笑う。

「お前たちは留守番だよ」

「自分たちだけずるいって言ってるのかな」

「そうかも。残念だけどお前たちは姉さんとお留守番だ。たまには二人きりにして」

　なんだか夫婦の会話みたいになってきた。だけどそう思った瞬間、キースの優しい視線に捉えられる。恋人を見る目だ。

　キスされる——それがわかっていながら目を閉じるのはとても恥ずかしいけど、キースに触れられると、ふわふわした満たされた気分になる。

「ん……」

　優しいキス。素直に応じた。何度交わしても足りない。何度繰り返しても満足しない。顎に手をかけられ、さらに深く求められる。

「……満たされるって、すごいね」

　唇が離れた瞬間、キースがポツリとつぶやいた。目を合わせた僕に向けられるうっとりとした彼の表情に、言葉の意図がわかる。

「胸の中に入りきらないくらい、幸せが溢れてくるんだ。もう入りきれないよ」

「キース……、本当だね。僕も……自分の中に収めておけないくらい幸せだよ」

ふふ、と笑うキースを見て、突き上げてくる衝動のまま彼の首に腕を回してギュッと抱き締めた。肩に顔を埋め、匂いを嗅ぐ。キースの匂いは人間と変わらない。言動も含めて、とてもアンドロイドとは思えなかった。

ピノキオが人間の子供になったように、あの時の僕の願いが星に届いて、キースも本当はとうに人間になっているんじゃないか――そんな錯覚までしてしまう。

「どうしたの、なつめ」

「ううん、なんでもない」

「ねぇ、なつめ。買い出しのついでに旅行会社に寄ろうか。パンフレットを集めよう」

「うん、そうだね。それも楽しそう」

インターネットで効率的に情報収拾するのではなく、足を運ぶ。旅行だけでなく、そのプロセスも楽しもうとキースから言われるなんて、彼の進歩は著しい。

「そうと決まったら行こう」

子供のようにウキウキした空気を振りまきながら促されると、僕もなんだかもっと楽しくなってきた。家を出てバスに乗り、ショッピングモールへ向かう。今まで旅行なんてしなかったから、インフォメーションで旅行代理店の場所を確認した。

「いらっしゃいませ」

店内に入るなり、若い女性スタッフに笑顔で迎えられる。カウンターに座って希望を言うと、すぐにパンフレットを出してくれた。

「こちらなどいかがでしょう?」

以前ならキースとは釣り合わない自分が、なんて考えたり、男二人で旅行だなんて変に思われるかも、などと人目を気にしたりしただろう。だけど、今は不思議と気にならない。しかも、店員さんと目が合ってもそれほどおどおどしないでいられた。

キースとの旅行が楽しみで、自分がどう見られているかに構っていられないといったところだろうか。

「こちらのプランだと、一組ずつお泊まり頂けますので静かに星を鑑賞して頂けますよ。隣の部屋がうるさいなどということもありませんし」

「へぇ、すごい。ログハウスっていいですね。キースはどう?」

「贅沢だね。中も綺麗だし。でも広すぎじゃないかい?」

「いいよ。たまには贅沢しよう」

僕たちの会話を聞いて、店員さんはさらにいくつかパンフレットを持ってくる。

「もう一回り小さなログハウスもございます。こちらだとお値段もお安くなりますが、一棟に二部屋のタイプですので、どうしても他のお客様との距離が近くなります」

「そっか。だったらやっぱりこっちがいいかも。できるだけ静かなほうがいいな」

「確かにそうだね」

即決とはいかず、似たタイプのプランのパンフレットを貰って店を後にした。

「なんだかますます楽しみになってきた。どれがいいかな？」

「家に戻ったらまたじっくり見よう。買い出しの前にきなこたちにおやつ買って帰ろうか」

「うん」

僕たちはペットショップへ向かった。おやつ売り場に直行する。

その時、エプロン姿の店員がティーカッププードルを三十代半ばくらいの男女のところへ運んでいるのが見えた。小さな犬はモコモコして、ぬいぐるみみたいだ。

両手で収まるほどの犬を見て、女の人は目を輝かせて手を伸ばす。

「わ、かわいい。やっぱりこの子がいいかも」

彼女は子犬を大事そうに胸のところで抱えながら、指で鼻先を撫でた。遊び好きの子犬は彼女の指に甘噛みするが、まったく痛くないようで笑っている。

「ね。この子にしよう」

「やっぱり俺は猫がいいな」

「なんでー。犬にするって決めたじゃない。子供の教育には犬のほうがいいんだし」

「決めつけるなよ、猫も教育にいいって。それに教育は関係ないだろ。お前がその犬種好きなだけのくせに」

「だって～、せっかく自分の家持てたんだからペットくらい飼いたいじゃない」

僕は視線をキースに移した。キースも彼らのやり取りを見ていたが、すぐに目を逸らして売り場に並べてある猫用のおやつを物色し始める。ささみの裂いたものや猫用かつお節。ペースト状のおやつ。歯磨きができるおやつもあった。

キースは今まで買ったことのない新商品の中から、ペースト状のおやつを手にした。棚には手書きのPOPが貼ってあり、特別な時にあげる『極みセレクション』と書かれている。猫の写真の横には『僕だってたまには贅沢したい』という吹き出しまでついていた。

「ねぇ、なつめ。どれがいいかな。あ、フリーズドライのおやつもあるよ。これなら小分けになってるから……、どうしたんだい？」

「ううん、なんでもない」

僕は棚に並んだおやつを手に取った。『極みセレクション』はいつも買っているのよりずっと高いけど、確かに美味しそうだ。棚には戻さなかった。

「白身魚味もあるよ、なつめ」

「あはは。じゃあそれも」

キースの手からそれを受け取り、小さな買い物籠を取って二つとも入れる。即座にかつお味も追加された。破顔する。

「どうかしたかい？」

「ううん、なんでもないよ。キースとこうしていられるのが嬉しいんだよ」

「誤魔化したね」

「そ、そんなことないよ」

全部は言ってないけど、嘘もついてない。

僕たちは新発売のおやつをさらに二つ籠に足してから、レジへ向かった。そして、トリミング用の部屋の出入り口に貼ってある手作りのポスターに気づく。里親募集をしていた。

「あ。キース、見て」

「何？　……あ」

段ボール箱に入れられて捨てられていた猫は五匹で、うち二匹はすでに引き取り手が見つかっていた。

「僕が原因かな？」

「え？」

「だって、前に僕はここの店員さんにひどいことを言った。お客さんだった女の子も、きっとショックだったよね。傷ついた」

キースも覚えていたんだ。出会ったばかりの頃のことを……。あの時は事実だからという理由で、生体販売に対して批判的な言葉を臆面もなく口にした。

随分と感情が育ったんだなと、感慨深くなる。

「どうだろう。最近は保護猫や保護犬に注目が集まってるから、気づかなかっただけでもともとこういった活動もしてたのかも。生体販売も少しずつ厳しくなってるし。それに、キースがきっかけだったとしても悪いことじゃないと思う。むしろよかった。きっとみんな飼い主が見つかって幸せになるよ」

「そうだね。きなこやチビ丸みたいに、幸せになれるよね」

会計を済ませると、レジのところで保護猫活動用の募金箱におつりを入れて店を後にした。

幸せだった。僕は満たされていた。キースもきっと同じだ。僕たちは違う時代に誕生したのに出会うことができた。人間対ロボットの戦争によるものでもない。世界を救うためでもない。たった一人の天才の子供じみた願いのおかげで、僕たちは恋に落ちた。

ただ小説の続きが読みたかったなんてそんな理由が『今』を作っている。すごいことだ。

僕は僕の子孫に、心から感謝した。


五月。

忘れもしない。僕の人生の中で、それは唐突さと衝撃を持って襲いかかってきた。なんの前触れもなく、けれども足音を忍ばせてそれは確実に僕らに忍び寄っていたのだった。

その日、僕は朝から自宅にいた。小説の仕事もメドが立って少しホッとしている。気持ちが緩んだからか、起きたのは昼前だった。土日でもこんなに寝ていることは滅多にない。

「キース、おはよう」

「おそよう、なつめ」

「そんな言葉、いつ覚えたの？　起こしてくれればよかったのに」

「かわいい寝顔を見たら、起こすのがかわいそうになったんだよ」

プレイボーイみたいな台詞にどう返していいかわからず、頬が赤らむのを感じながら洗面所に向かった。鏡の中の寝癖のついた無残な自分を見て、濡らしたタオルをレンジに突っ込む。

こんなもっさりした僕のどこがかわいいんだか……。

跳ねた部分を蒸しタオルでなんとか押さえ、僕はテーブルについた。

「う～、寝過ぎで頭がズキズキする」

「はい、コーヒーどうぞ。寝過ぎからくる頭痛は血管の膨張が原因なことも多いんだ。脳が血管に圧迫されるんだよ」

「脳が圧迫って……想像したら怖い……」

「大丈夫だよ。コーヒーは血管の収縮作用があるから飲んだら治るかも。頭を冷やしてもいいんだけどね」

「寝癖直すために温めちゃったよ。……いただきます」

僕は目の前に置かれたコーヒーに口をつけた。カフェインの作用か気持ちの問題か、すぐに頭痛は治まり、気分もすっきりしてくる。

「はぁ～、目が覚めてきた。気分もよくなったよ。ありがとう、キース」

「このところずっと頑張ってたもんね。今日は夜に予定が入ってるだろう？　それまでゆっくりしておいで」

そうだった。今日は姉さんがあーちゃんを連れて遊びに来る日だった。僕は何度か会ったことがあるけど、キースは初めてだ。

「ねぇ、キース。買い物済ませておこうか？」

「大丈夫かい？　買い出しなら僕一人でもいいんだよ」

「ううん、キースと行きたいんだ。旅行の準備もしたいし」

「そっか。そうだね。もう来週なんだね。すごく楽しみだよ」

僕たちは遅い朝食を済ませるとショッピングモールに行き、携帯歯ブラシのセットなどを買い込んだ。旅行用品を選んでいるだけで、いよいよだなという感じがして気分が盛り上がる。

ついでに新しいタオルを買ったりして、家に戻ったのは午後二時頃だった。

洗濯物を取り込んで一緒に畳んだあと、ソファーに並んで座り、きなこたちを侍（はべ）らせながら録画していたドラマを何本か観る。途中寝てしまったけど、ダラダラした時間も僕たちには必要だった。

　そうやって十分に英気を養い、五時頃から夕飯の準備を始める。

「今日は本当に鍋でいいのかい？　前に来た時も確か鍋だったたし、この時期は白菜は高いから
ほうれん草にしちゃったし」

「うん、姉さんは鍋が好きなんだ。真夏でも鍋したがるくらいだから大丈夫だよ。それに、ほ
うれん草をしゃぶしゃぶにして食べるのも美味しいよ」

「そうだね。あ、これ頼んでいいかい？」

　僕は渡されたレンコン半分をすりおろし始めた。キースはみじん切りにしている。それが終
わると鶏肉のミンチと小麦粉を少々、それにショウガと二種のレンコンをビニール袋に入れて
卵を落とした。口を縛って両手でモミモミと揉(も)みほぐす。

　途中で醤油を垂らし、またモミモミ。

「これ美味しそう」

「この前テレビでやってたんだよ。あんかけだったけど、鍋にも合うかなって」

「きっと姉さんも好きだと思う」

　肉団子ができると、ビニール袋の端っこをハサミで切って、出汁の入った鍋に落としていく。

これなら洗い物も少なくていい。

「ねぇ、楓子さんの恋人ってどんな人？」

「そうだな～。柔和な雰囲気の人で、口の悪い姉さんとは真逆のタイプかな。だけど芯がしっかりしていて、言うべき時は言うって感じ。包容力があるんだと思う。だから姉さんとも上手くやってるんだよ」

「へぇ、そうなんだ」

「あと、あーちゃんはお酒強いんだ。優しい顔してガンガン飲むんだよ。びっくりする」

「だけど僕と勝負したら絶対に向こうが酔い潰れるよ」

「あはは……。キースはずるいな。でも勝負仕掛けてみると面白いかも」

たわいもないことを話しながら、僕たちは着々と準備を進めた。手際のいいキースのおかげで、約束の時間の三十分前に準備は終わる。

そして午後六時過ぎ。玄関のチャイムが鳴った。

「なつめぇ～、来たわよ～」

姉さんの声がして、僕はすぐに玄関に向かった。あーちゃんも一緒だ。デパートの紙袋を渡されて中を見る。デパ地下のお惣菜とお酒とお菓子だ。

鍋の準備はすでにできていて、台所のテーブルで湯気を上げていた。姉さんが嬉しそうに覗き込む。

「うわ、美味しそう」

「二人で作ったんですよ。楓子さんが鍋好きだから」

「やっさし～。あ、こっちがあーちゃん。キースよ。うちの弟の恋人」

キースとあーちゃんは、お互いに初めましての挨拶を交わした。僕とキース、姉さんとあーちゃんが並んで座り、ワインを開けて乾杯する。

「何これ美味しい。何入ってるの？」

「レンコンだよ。すりおろしたのとみじん切り」

思っていたとおり、姉さんは肉団子を即座に気に入った。ワインが進む。

「なるほどレンコンね～。ねぇ、あーちゃんも早く食べてよ。美味しいから」

「ほんとだ。軟骨入りもいいけど、レンコンの歯応えってのもいい。へぇ、キースさんって料理上手なんですね」

「テレビでやってたのを試しただけです。3分クッキング」

「あ、あれか。私も時々見ますよ。なかなか自分じゃ作らないけど」

ぐつぐつと音を立てる鍋を挟んでワインを注ぎ合い、デパ地下の惣菜にも手をつける。そして話題は、僕たちの旅行のことになった。

「星が一番綺麗なところだって。やーらしー」

「どうしていやらしいんだよ」

「だって二人でロマンチックに愛を語るんでしょ？　いやらしいじゃな～い」

「楓子は羨ましいのよ。私の仕事が忙しくて、なかなか旅行連れていってあげないから。本当は自分が星を眺めたいんだよね」

「そんなことないもん」

姉さんは否定しているけど、図星なのは一目瞭然だった。そして、恋人が自分の気持ちに気づいてくれていることを喜んでいる顔だ。姉さんは平気ぶってても、寂しがり屋のところがあったりロマンチックだったりする。

「そうか。だからお土産が金平糖なんですね」

キースが思い出したように言った。

「あの中身、金平糖だったの？　金平糖って子供の頃食べたきりだ」

「そうなのよ。でも美味しいんだ。老舗和菓子店の金平糖。和三盆っていう高い砂糖を使ったやつだから、甘さが上品なの。金平糖なんてただの砂糖の塊と思ってた自分を恥じたわ」

姉弟二人とその恋人たち。姉さんたちの関係を誰もが受け入れる社会とは言えないし、僕とキースも同じだ。しかも、未来から来たアンドロイドだなんてバレたら、未知のものに対して恐怖を抱く人間はＡＩが暴走した時のことを考え、危機管理能力を発揮するに違いない。

だけど僕たちはどこにでもいるカップルのように、たわいもない話をしながら穏やかな時間を過ごした。

本当に、穏やかだった。

ありふれた、けれども何にも代えがたいこの時間を僕は一生忘れないだろう。いつか終わるとわかっていても、永遠に繰り返されると勘違いしてしまうほど、どこにでもある時間だった。

午後九時半を過ぎる頃まで僕らはそれを共有し、姉さんとあーちゃんは満足そうに家路につく。

「じゃあね～。ごちそうさま～」

「気をつけて。来週はきなこたちのことを頼むね」

仲良く駅に向かう二人の背中を見送ったあと、家の中に戻った。姉さんにおやつをいっぱいもらったきなこたちは、リビングでくつろいでいる。

「楽しかったね」

「うん。楓子さん、すごく幸せそうだった」

「来週の今頃は長野かぁ。あと五日バイト頑張ろう」

あんなに待ち遠しかったのに、いざその時が近づくともったいなく感じる。そう口にすると案の定笑われた。

「だったらまた行けばいい」

「そうだね。景色のいいところをあちこち見て回りたい」

「ねぇ、金平糖食べる？　半分は旅行に持っていこうか？」

「星を眺めながら食べるの？」

「うん、そう」

姉さんに聞かれたらまた「や〜らし〜」とからかわれそうな会話だ。照れ臭くなる。言わなきゃよかったかもしれない。

「じゃあ紅茶淹れようか」

「お湯沸かすね。キース、マグカップ取って」

「せっかくだから金平糖も器に出そうか。確か白いのが……あ、あった。ほら、器に入れるともっと綺麗だ。金平糖ってどうやってこの形に……」

その時、ゴトン、という重い音とともに、バラバラ……ッ、と床に小さなものが散乱する音がした。足元を見ると、僕のスリッパのすぐ傍に水色の金平糖が一つ落ちている。

「キース……？」

顔を上げて戸棚のほうを見たけど、キースはいなかった。床に陶器の器とペンギン柄のマグカップ、そして金平糖が床に散らばっているだけだ。隣のリビングも覗いたけど誰もいない。

「キース？」

心臓がトクン、トクン、と鳴る。

お腹が痛くなってトイレに駆け込んだなんて、そんな可能性を考えてトイレのほうに向かった。だけど電気はついていない。念のためドアを開けて中を見たけど、やっぱりいなかった。

そもそもキースがお腹を壊すことなんてないのだ。それでも、何かトラブルがあって急に別の部屋に行った可能性を捨てきれずにキースを捜す。

チビ丸を見つけた時や、台風の時。いなくなったと思ったけど、そうではなかった。ちゃんといた。

「ねぇ、キース。もしかして隠れてるの？」

僕は一階の部屋を全部見て回った。次に二階に行く。それでもキースの姿はなかった。もう一度一階を見てみようと、階段を下りていく。

「キース？　ねぇ、隠れてるんなら出てきて。ふざけすぎだよ」

きなこたちが、落ちた金平糖の匂いを嗅いでいた。一緒に見上げるはずだった満天の星空が、足元に広がっている。

「……キース？　キースッ！」

誰もいない部屋。僕と猫以外、誰もいない。誰の気配もなかった。キースだけが、忽然と姿を消した。息ができなくなる。

深呼吸したけど、楽にはならなかった。目の前の現実を受け入れられなくて、それを否定するかのように大声をあげる。

「キース！　キースッ！　――キース……ッ！」

必死に呼んでも、応えてくれる声はなかった。キースはこんなひどいイタズラなんかしない。僕をこんなに不安にさせたりしない。目の前にあるのは、容赦ない事実。

キースは消滅したのだ。

未来が変わった。

「嘘……っ、……嘘、だ……っ」

ほんの少し前までいたのに。話をしてたのに……。

だけど、もう二度と彼の声を聞くことはできない。

僕は散らばった金平糖の前に跪いた。淡いピンクや水色や黄色の砂糖菓子。甘くかわいらしいそれと唐突に僕の幸せを終わらせたつらい現実とのギャップに、ただ呆然とするしかない。

「う……っ」

じわりと目頭が熱くなり、涙が溢れた。

本当はどこかでわかっていたのかもしれない。自分の都合のいいようにキースが消えない可能性を考えていたけど、そんなことはあり得なかったんだ。

夫婦は似てくるものだなんて、自分を納得させていたけど違った。たとえ僕が育てた血の繋がらない子が僕に似たとしても、ずっと先の未来まで受け継がれるはずがない。

キースをここに送り込んだ僕に似た子孫は、紛れもなく僕の血を受け継いでいた。だけどその未来は消えた。

「……キース」

ニャア、ときなこが鳴いた。チビ丸も寄ってきて、白い器に鼻を近づけている。

匂いが残っているのかもしれない。キースのいた証しが……。

「キース、……キース……ッ」

僕は何度も彼を呼んだ。もう一度会いたくて、何度も願った。

『なんだい？』

記憶の中の声が僕に返事をする。だけどそれは現実のものじゃないことくらい、僕にもわかっていた。失ったことを受け止めきれなくて、思い出を反芻しているだけだ。

『楽しみだね』

感情を手に入れた彼は、星を眺めるのを心待ちにしていた。僕も一緒に眺めたかった。

その望みは叶うことはなく、突然僕の幸せは消えた。

いつか頭の中で彼の声がしなくなるまで、僕は何度もキースを呼ぶだろう。

だけど本当にいつか消えるだろうか。思い出にできるだろうか。返事がないとわかっていながら何度もキースを呼ぶことを、やめられるだろうか。

これが身勝手な僕の恋に下された罰だ。

落ちた涙が、小さな砂糖菓子を濡らした。

5

桜の季節になった。

開花宣言から二週間。通りの桜は風が吹くたびに淡いピンク色の花びらを散らしていた。

日差しは心地よくてチラチラと舞い散る桜の花びらは綺麗だけど、儚さはある種の寂しさを呼び起こした。僕を慰めるように降り注ぐ太陽の光が優しければ優しいほど、その思いは募る。

僕がいる時代に来たことで儚く消えた彼の姿を、舞い散る桜に重ねてしまうからなのかもしれない。

キースがいなくなってから、約二年の月日が流れていた。

僕は作家として順調にキャリアを積んでいて、今朝早く新作の原稿を書き上げてメールで送ったばかりだ。気が抜けたところでタイミングよく真島先生からラインが入り、昼食のお誘いを受けた。特に最近は結構な頻度で会っている。

「棗せんせ～」

名前を呼ばれ、カフェのテラス席でぼんやりしていた僕は顔を上げた。

「あ。真島先生」

「ごめん、遅れて。待った？」

「ううん、ちょっと来るの早すぎた。桜が綺麗だし、もっと遅れてきてもよかったよ」

「棗先生らしいね。いいだろ、この店。穴場でうるさい奴もいない」

「うん、すごく素敵な店だ」

人づき合いが苦手な僕だけど、真島先生とはタメ口で話ができる友達になった。一緒にいても気疲れしないし、自然体でいることができる。変わったところもある人だけど、こうして誰かと待ち合わせをするなんてキースと出会う前までは考えられなかった。

ここまで成長したのは、紛れもなくキースのおかげだ。僕の変化は彼の残してくれた置き土産のようで、僕は今を大事にしている。

「あ、すみませーん。メニューいいですか？」

真島先生はウエイトレスを呼んだ。手書きのメニューには、写真もついている。

「相変わらず旨そう。棗先生何にする？」

「う～ん、なんにしよう。全部美味しそうだ」

「俺、これにしよ～」

大喰いの先生はキノコとベーコンのクリームパスタを大盛りで注文し、ピザトーストもつけた。さらに食後にパフェも食べると言う。僕は茄子とベーコンのトマトソースパスタにした。サラダももれなくついてくるため、食後のデザートはカシスのシャーベットにする。

「あ、そうだ。これ今度出る新刊」

差し出された単行本を見て、僕は思わず声をあげた。

「うわ～、ありがとう。真島先生の新刊だ！　うう、待った甲斐があった～」

貰った本を抱き締め、パラパラとめくって中身を確認する。今すぐにでも読みたくてつい冒頭に目を通すと、先生の手が伸びてきて本を閉じられた。ハッとなり、本をリュックの中にしまう。だけど気になって仕方がない。

「棗先生。飯喰う時くらい小説のこと忘れてよ」

「うう、だって読みたい」

「棗先生も脱稿したんだよね。今度は恋愛ものなんだろ？　俺にも献本ちょうだいね」

「もちろんだけど……恋愛ものって友達に読まれるの恥ずかしいよね」

ははは、と笑って頭を掻いた。

その時、パスタが運ばれてきて目の前に器が置かれる。堆く盛りつけられたそれは、見た目も美しかった。赤いソースと濃い紫色の茄子は艶やかで、みじん切りのパセリが全体にたっぷりとかかっていて食欲をそそる。

真島先生のお皿は数種類のキノコとベーコンがクリーム色のソースの中に隠れていて、パルメジャーノとブラックペッパーがいいバランスで全体を覆っていた。隣のピザトーストは厚みが五センチほどあって、この細い躰のどこに入るんだと、毎度のことながら驚かされる。

「いただきま〜す。わ、美味しい」

「俺のイチオシの店だもん。塩加減絶妙」

「は〜、原稿明けの美味しいご飯ってありがたい」

「棗先生、今回修羅場長かったもんな〜。次ももう控えてるんだろ？　そろそろバイト辞めるか減らすかしたら？」

「そうなんだよね。今のペースだとしんどい」

　真島先生は本当にすごいけど、僕も頑張っている。

　キースがいなくなってから、小説に集中してきた。小説に逃げたと言えばそうかもしれない。だけど、僕は夢中になれるものに没頭することでなんとか心の平穏を保ってきた。もし小説がなかったら、僕は喪失感で正気を保っていられなかっただろう。実際、はじめの三ヶ月は僕の生活はボロボロだった。

　なんとか立ち直ることができたのは、姉さんや真島先生、担当の加村（かむら）さんが支えてくれたからだ。周りの人たちのおかげで、持ち直すことができた。

　しかも、今度出版されるのはキースへの想いを形にした小説だ。主人公は女の子で僕をモデルにしたわけではないけど、誰かを好きになる気持ち、失うつらさなど、自分の経験を通じてリアルに描くことができたと思う。

　担当の加村さんは僕が恋愛小説をここまで書けると思っていなかったと驚いたほどで、その言葉を聞いた時は嬉しかった。

キースのおかげだ。人づきあいの下手だった僕が、人間を模して作られたキースという存在によって、人との関わり方を教わり、人を本気で好きになることを経験した。

「今度、棗先生んち遊びに行っていい？　庭見てみたい。この前のエッセイって、自分とこの庭の話だよね」

「うん、そうだけど……今雑草がすごいかも」

真島先生との会話に、キースの話が出ることはなくなっていた。

みんなには彼はイギリスに帰ったと伝えている。家の事情で急遽戻らなければならなくなったのだと……。親しい人はなんとなく嘘だと見抜いているようだけど、知らん顔をしてくれる。

苦手だった人づき合いは、いざ飛び込んでみると人の優しさに触れる機会を僕に与えてくれた。これも大きな発見だ。

「そういえばさ、柊先生のシリーズ最新作が書店のコーナー独占してた」

「あ、僕のうちの近くの本屋でも一番目立つところにあった。やっぱり先輩はすごい」

椎名先輩は相変わらず人気作家として活躍していて、僕は足元にも及ばない。だけど、あれから先輩とは一度も会う機会はなく、真島先生が警告したみたいなことにはならなかった。

僕は、信頼できる編集さんに出会って僕の道を歩いている。

「まぁ、実力はあるよなぁ。性格悪そうだけど。新作は面白かったし」

「うん。最後のどんでん返し、完全に騙されたもん」

「あれはやられた。腹立つよな～、あの才能」

大好きな本の話を友達とする時間は、僕にとって贅沢だ。

パスタの皿を空にし、デザートを食べ終えても話は尽きず、店を出たあとコーヒー専門店に移動して、最近読んだ本について語り合う。

家路につく頃には修羅場明けの疲れもすっかり吹き飛んでいて、充実していた。


「あら、おかえりなさい。なつめちゃん」

真島先生と別れて帰ると、家の前で声をかけられた。お隣の中野さんが箒とちりとりを持って出てくる。

「こんにちは。お掃除ですか？」

「そう。うちのヤマボウシ、常緑だから年がら年中葉っぱが落ちるのよ。こんなことなら落葉にしておけばよかったわ。秋に一気に落ちてくれるほうが楽よね」

「僕も手伝いますよ。お婆ちゃんとこもついでにしようと思ってたから」

「あら、ありがとう。だけどもう半年経（た）つのね。いなくなって寂しいわ」

中野さんの視線に誘われるように、僕もそちらを見た。

お婆ちゃんの家は、今は売りに出されている。お年寄りの一人暮らしでもともとひっそりした家だったけど、昼間でも雨戸が閉め切られると途端に寂れた雰囲気になる。

お婆ちゃんが亡くなっていたことに気づいたのは、中野さんだった。

「前は時々テレビの音が聞こえてたけど、本当にシンとしちゃって……植木も随分伸びてきたわね。前は定期的に庭師さんを入れてたけど、松の木も形が崩れてきちゃったわ」

僕は塀の上から庭を覗（のぞ）き込んだ。

厚手の防草シートで覆われた庭。手入れが大変だからと、息子さんが七、八年前に敷いたものだ。松やツツジなどの庭木の周りにだけ、雑草が生えている。

キースが台風の日に置いてきたブロックが、同じ場所にまだあった。他は専用のピンで地面に留めてあるけど、一箇所だけブロックが二つ積んであるのだ。

こんなふうに、ふとキースのいた証（あか）しを目にすることがある。そのたびに僕は彼の存在を感じて、どこかにまだいるんじゃないかとついその姿を捜してしまう。もういないのに、笑顔で出てきそうな気さえするのだ。

ずぶ濡（ぬ）れで塀を乗り越えて戻ってきたキースを思い出すと、あの頃の苦しかった気持ちまで蘇（よみがえ）ってくるようだ。懐かしい。

「いい人が越してくるといいわね」

「そうですね」

随分と古い家だ。買い手がついたら家は撤去されて新しく建て直すだろう。キースが置いたブロックも、その役割を終える。キースのいた証しが消える。

彼への想いだけを僕の中に残して……。

「うちも防草シート貼ろうかしら。長いのだと十年はもつらしいわよ」

「便利そうですよね」

「上に砂利を敷けば見た目もいいし。本当はそんなふうに使うんでしょ？」

「そうみたいですね。お婆ちゃんは足が悪かったから、不安定になる砂利は避けてたみたいですけど。ホームセンターに防犯用の砂利とかもありますよ」

「そうそう、あれよさそうね。最近物騒だから考えようかしら」

中野さんと少し話をしたあと、家の前に荷物を置いて物置小屋から箒を取ってきた。そして二人でお婆ちゃんの家の前を一緒に掃く。集めたゴミは中野さんが持っていってくれた。

玄関の鍵を開けようとリュックのポケットを探ると、桜の花びらが挟まっているのを見つける。カフェの近くで舞い散る桜を、ここまで連れてきてしまったのだろう。

指で摘まむと、風に解き放つ。

「ただいま～」

『お帰り、なつめ』

キースの声がした。心の中の声だ。

どんなに時間が経っても記憶は薄れることなく、僕の中に鮮明に生きている。どうして消えたのがキースだけなのだろう。好きになったのは自分もなのに。どうして一緒に消えなかったのだろう。一人になると、そう訴えたくなる時もある。特に楽しい時間を過ごしたあとは、そんな気持ちが押し寄せてきて寂しくなる。

けれども一人だけ消えなかったことが、何にも勝る罰だというのもわかっている。約二年前、僕は僕の想いのために誰かを犠牲にした。生まれるはずだった命を奪った。だから、死ぬまで抱えているべきだと思うのだ。二度と取り戻せないものへの郷愁の念を抱えて生きていかなければならない。

償いにすらならないけど、それが僕ができるただ一つのことだ。

「きなこ～、チビ丸～、ただいま～」

台所を覗いたけど、きなこたちはいなかった。多分、僕の仕事部屋だ。遅い時間に帰った時はいそいそと出てきて『ご飯頂戴』と足に擦り寄ってくるのに、お腹が空いてない時は迎えには出てこない。

僕は風呂を沸かして猫トイレを見回ったあと、冷蔵庫を覗いた。今日は真島先生と外で食べたから、夕飯は残り物でいいだろう。作り置きしておいた肉じゃがとほうれん草のお浸しがある。煮物はお腹の空き具合によって量を調整できるのがいい。

汗を流したあと、マグカップにドリップパックをセットしてコーヒーを淹れた。キスをねだるペンギンの片割れは、相変わらず寂しそうだ。

グアテマラの香りがする中、真島先生から貰った新刊を読み始めた。すぐに没頭し、あっという間に二時間が経過する。しおりを挟んで顔を上げると、きなこが何か言いたげに座っていた。チビ丸が『ごはん頂戴』と擦り寄ってくる。

「あ、ごめん。もうご飯の時間だね」

きなこは最近餌が変わった。腎臓用の療法食だ。急いで準備すると、いつもの場所に置く。

「きなこ、チビ丸。はいどうぞ～」

二匹は待ってましたとばかりに器に顔を突っ込んだ。カリ、カリ、カリ、と音を立てて食べる姿を見て、自然と顔がほころぶ。猫はすごい。食べているだけなのに笑顔にしてくれる。

僕はしゃがみ込んだまま、二匹が食べるのを見ていた。

『かわいいね』

キースがいたら、きっとそう言って一緒に眺めただろう。

十二歳のきなこは、以前より少し食が細くなってきた。それとは逆にチビ丸はどんどん成長して、今ではきなこよりも一回りほど大きくなった。二匹で仲良く並んでご飯を食べている時は、大きさの違いがよくわかる。

それでも変わらないのは、二匹がとても仲良しだということだ。チビ丸のほうが大きいのに、きなこにすぐ甘える。毛繕いをしてくれと鼻先を擦りつけてねだると、きなこはせっせとチビ丸の世話をする。特に冬場はいつもくっついて離れない。

「チビ丸が寂しがるから長生きしなきゃ駄目だぞ、きなこ」

きなこが残したカリカリをチビ丸が全部平らげると、器を下げた。僕もそろそろ夕飯の時間だけど、お腹は空いていない。読書の続きをしようと思って、ふとマガジンラックに目をとめる。

キースと行くはずだった旅行のパンフレットが入っていた。今も持っている。ログハウスの会社は今は変わっていて、別のところが運営している。

「行きたかったな。一緒に……生きたかった」

静かな夜は、つい本音が零れる。

「なつめ……」

また声がした。今日はよくキースの声が聞こえる。

彼への思いを小説にした原稿を仕上げたからだろう。書きながら彼への気持ちや想い出を反芻したからなのかもしれない。

「続き読もう」

二階に行こうとしたその時、視界の隅に人影が映り、驚いてビクッとした。侵入者だ。

思わず「泥棒！」と叫びそうになったが、喉まで出かかった声を呑み込んだ。目の前にいたのは、泥棒とは思えない姿をした身なりのいい紳士だ。白いスーツを身につけて廊下に立っている。息が止まるかと思った。

はじめまして、ご主人様。

あの時と同じ声で、彼は言った。

「やっと会えた。なつめ」

「……キー……ス？」

心臓が破裂しそうだった。

存在していないはずの彼が、なぜここにいるのか――。

信じられなくて、信じるのが怖くて、僕は目を見開いて彼を見ていた。僕の知っているキースじゃないかもしれない。僕の子孫ではないまったく別の誰かに送り込まれた、同じタイプのアンドロイドかもしれない。

やっと会えたとまで言われたのに、すぐにその胸に飛び込めなかった。僕が好きになったキースと違うキースだなんて言われたら、悲しすぎて立ち直れなくなる。

「キース……、なの？」

「そうだよ」

「同じキースなの？」

「同じキースって？」

「お、同じタイプの……あ、新しい……アンド、ロイ……」

「僕は僕一人だけだ。量産型じゃないから、同じ姿のアンドロイドは存在しないよ」

ああ、神様。夢じゃないと言ってください。

僕は頭がおかしくなったのかもしれない。本当の僕はどこかの病室で一人キースを思いながら、自分の夢の中だけで生きることにしたのかもしれない。

だけど、もうそれでもいい。強がっていたけど、僕はキースなしで生きるには、彼を好きになりすぎた。失ったまま生きていくなんて無理だ。今それがようやくわかった。

「キース……ッ」

僕は彼の胸に飛び込んだ。力強く抱き締め返され、僕にとっての現実を噛み締める。

「ごめんよ。二年も待たせてしまって……」

「本当にキースだよね？」

「そうだよ。なつめと長野に星を見に行く予定だった僕だ。なつめがあと五日アルバイトを頑張れば、旅行のはずだった。約束を守れなくてごめんよ」

やっぱり本物だ。二年前に僕の前からいなくなったキースだ。

消えたんだと思っていた。だって僕は、キース以外の人を愛することなんてできない。キースがいなくなってからも、この想いはまったく衰えることはない。

それなのに、どうしてここにいるんだろう。

「どうして……っ」

「あの時、僕は消えたんじゃなく急遽未来に連れ戻されたんだよ。目が覚めたら、もとの世界にいた。君が僕を愛したことで、僕の存在が消えたわけじゃなかったんだ」

「未来に……？　キースは未来に帰ってたの？　じゃあ……」

「ああ、二度となつめを一人にしない。もう二度と君を放さない」

どういうことかよくわからなかったけど、キースが二度と僕の前から消えることはないと信じられた。彼が放さないと言ってくれたのだ。それを信じるだけだ。信じ抜くだけだ。

「顔を見せて、なつめ」

「キース……ッ」

「ただいま」

「おかえ、り……っ、……キース、おかえりキース……ッ！」

再び抱き締められ、僕も抱き締め返した。二度と味わえないと思っていた。触れ合うことも言葉を交わすことも……。

それなのに、今こうしている。それだけでよかった。

　僕たちは、離ればなれになっていた時間を埋めるように求め合った。手で触れ、唇で触れ、指を絡ませ合って手を繋ぐ。

　何度も口づけを交わしているうちに気持ちは昂り、体温も上昇した。はしたない声も漏れたけど、自分をとめる術は僕にはなかった。恥ずかしくても求めるのをやめられない。

「会い、たかった……キース……、……ずっと……」

「僕もだよ。僕も会いたかった。君のことばかり考えてた」

　横抱きにされて、二階へ運ばれた。優しくベッドに放り出され、キースを見上げる。スーツの上着を脱ぐのを見て、甘い期待を抱かずにはいられなかった。もっとキースを感じたい。ここにいることを、実感したい。

　キースはネクタイを外してからベッドに乗ってきた。僕へ迫ってくる彼の姿にドキドキして、どうしたらいいのかわからなくて、座った格好のまま後退りする。だけどすぐに壁際に追いつめられた。

「ん……」

　再び口づけられ、僕は迷いつつもキースの首に腕を回した。本当に、キースがいる。ここにいて、僕に触れて、僕にキスしている。

　まさか、こんな日が来るなんて――。

いつしか僕の腕は、彼を放すまいと力が籠められていた。

「ん、ん、……んぁ……、ぅん……、ぅう……ん、……キース」

「好きだよ、なつめ……、……ん、……僕の、なつめ……」

「キース……、ぅん……、んん、ん、……ん、……ぁ……ッふ」

自分の吐息が信じられないほど熱い。そして、それは吐息に限ったことではなかった。

キースに再会できた喜びと愛する人との触れ合いに、僕の中心は熱を持ち、すっかり変化している。ばれないよう身じろぎしたけど、すぐに気づかれた。

キースは唇を離して僕を見つめてくる。

「そ、そんなふうに……見ないで……」

「どうして？」

「恥ずかしいから……」

その言葉に目を細めるキースは、たまらなく綺麗だった。こんな人と、僕は相思相愛なのだ。

キースの心は、僕のものだ。

「恥ずかしがる必要はないよ。僕も同じだから」

「同じって？」

手を取られたかと思うと、キースは優しく微笑（ほほえ）みながら僕の手の甲を自分の股間のところにそっと押しつけてくる。

キースは勃(た)っていた。確かに、僕と同じように中心が変化している。

「!」

「あの……これ……、どうしたの……?」

「快楽を感じられるように、僕は改良されたんだよ。好きな人と愛し合える機能をつけてもらったんだ」

「え、改良? それって……どういう……」

「僕をいきなり連れ戻すことになって君が悲しんだだろうから、お詫(わ)びだって。一刻も早くここに戻ってきたかったけど、いろんな事情があって無理だったんだ。だから、その代わりに僕を君と愛し合えるようにしてくれた。……ねぇ、僕はなつめと愛し合えるんだよ」

「……っ」

握らされたものの感触に、僕は戸惑わずにはいられなかった。キースのそれは僕よりずっと大きくて、逞(たくま)しかった。長身の彼には丁度いいサイズなのかもしれないけど、これからすることを思うと、たじろがずにはいられない。

「勃つようになっただけじゃない。人間と同じように、ここに刺激を受けると快感を味わえるようになってる。人間で言うと僕は童貞ってことになるんだろうね。僕の童貞をあげる」

照れ臭そうに笑うキースは、魅力的だった。今でも僕の心はキースでいっぱいなのに、これ以上好きになれとでもいうんだろうか。そんなの、困る。

「僕はなつめと繋がりたい。ここで……人間と同じようにここで繋がって、なつめに意地悪したい」

はっきりと口にされた言葉に、僕はとんでもなく混乱した。

「待って……っ、待……っ、ちょっと……キース……っ、……ぁ……っ」

僕を求めるキースの強引さに、戸惑いが大きくなっていった。優しいキース。だけど、時々違う一面を見せる時があった。それは、きっと今も同じだ。

「初めてなんだ、なつめ。僕がこんなふうに誰かと肉体的な快感を共有するのは。一緒に……気持ちよくなろう」

優しく、だけど欲望を秘めた声で言われると、僕も気持ちが昂った。キースさえいてくれればいいと思っていたけど、キースと繋がりたい。キースと一つになりたい。

言葉で答える代わりに、自分から口づけて求める。

「ん……」

キスを交わしながら、互いの衣服を剝ぎ取っていった。僕がキースのシャツのボタンを外すと、彼は僕のシャツをたくし上げて取り払ってしまう。前をくつろげ、右足、左足とパンツから足を引き抜いて下着一枚になると、キースは自らスラックスと下着を脱ぎ捨てて全裸になった。今度はなつめの番だというように、下着一枚になった僕からそれを奪ってしまう。

「なつめ、ちゃんと繋がろう」

キースはそう言って、脱いだ上着のポケットから小さなケースを取り出した。

「これもプレゼントだって持たせてくれた。こっちの世界にもあるのにね」

ふふ、と耳元で笑うキースの吐息がこそばゆく、ぞくっとした。だけどそれだけじゃない。秘めた声は、僕の中に眠る欲望という名の獣を起こすのだ。眠りから覚めたそれはゆっくりと立ち上がり、空腹を満たそうと準備を始める。

「あ、待って……」

「駄目、待てない。逃げないで、なつめ、……僕に見せて。君の全部を、見せて」

キースは僕の膝に手を置いて両側に大きく開くと、すでに変化しているそれを眺めた。先端を濡らしているのがわかり、叱(しか)られている気がした。

もうこんなに濡らして、と……。

「ほら、おいで」

腰を引き寄せられ、さらに足を開かされる。キースは僕を見下ろしながらケースの中に入っていた小さなボールを出した。それを指先で潰すと、手がジェルだらけになる。

長い指や形のいい爪は美術品のように綺麗なのに、てらてらと濡れているだけで途端に人間臭くなる。鑑賞するものから、触れて味わうものに変化する。

「腰を浮かせて」

ジェルを塗った指は僕の蕾(つぼみ)をすぐに探り当て、マッサージを始めた。

「はぁ……っ、……ぅう……ん、……んぁ……」

キースはもどかしく優しい動きで、僕を少しずつ追いつめていく。反応を見られながらあそこを弄られていると、僕は自分だけが夢中になっている気がしてきた。

どうしてそんなに凝視するんだろう。そんなふうに見ないで欲しい。

「ど……して、……そんなに……、……ぁあ……っ、見る、の……、ぅん……っ」

くちゅ、くちゅ、と濡れた音が微かに漏れていた。なんていやらしい音なんだろう。音に欲望を刺激される。そして、まだ足りないと躰が訴えている。

濡れた音を聞いているうちに欲しくてたまらなくなった僕は、腰を浮かせて挿れて欲しいと訴えた。それなのに、いざ指が蕾を掻き分けて侵入してこようとすると、そこはキースを拒もうとする。

「ぁ……っ、――っく！」

指で後ろを弄られて、僕は無意識に躰に力を入れてしまっていた。

「……力抜いて」

「ぁ……っ、ぁ、……はぁ……っ」

「イイ子だから、ほら。力を抜くんだよ」

そんなの無理だ。身構えてしまうのをどうすることもできない。

「ごめ……」

「いいよ、僕がちゃんとなつめの躰を開いてあげる」

言うなり、キースは身を屈める。

「んあぁぁ……っ」

指を後ろに挿入されたまま、いきなり中心を口に含まれた。腰が蕩ける。ああ、そんなふうにしないで……僕はキースがここにいるだけで胸がいっぱいなのに、そんなことをされたら幸せすぎて死んじゃいそうだ。

「はぁ、……あぁ……、ん、……はぁ……っ」

キースの頭が僕の股間のところで動いているのを見ていると、たまらなく淫らな気持ちになった。キースに口で愛撫されている。こんなに綺麗な人が、僕のあそこに舌を這わせているのだ。

なんて……、なんて――。

「んぁ……あ……ぁぁ……、キース……ッ」

舌が絡みついて、すぐにでもイきそうだった。彼の口の中は熱くて中心が蕩けだしそうだ。

「んぁ、あ、……駄目……、そんなに……しちゃ、……ぁ……あ……、……駄目……っ」

頭を振って訴えても、許してくれない。

「ぁあっ！」

中心を愛撫されながら指を二本に増やされて、思わず息をつめた。けれども半ば無理矢理広げられる刺激は、被虐により昂る僕の性質を目覚めさせてしまう。

もっと広げて。もっと無理を強いて。キースの欲望の下に僕を跪かせて。

「や、ぁ……、……っく、……はぁ……、はぁっ！」

「いいかい？」

そんな優しい声で「いいかい？」なんて聞かないで欲しい。いいに決まってる。聞かれなくても、僕はキースと繋がりたい。キースが欲しい。

目許を紅潮させて僕を求めるその表情に、僕は限界だった。

「いい、……いいよ、……して、……して……っ、……キースを……僕に……、……挿れて」

「愛してる、なつめ」

「——ぁ……っ」

足を大きく開かされ、屹立したものをあてがわれた。

なんて、色っぽい獣だろう。獣神の鬣のような美しい金髪と澄んだ碧眼。おとぎ話に出てくる王子様みたいなのに、欲望を纏う途端に色気が増す。

僕は僕を差し出すことに悦びを感じていた。僕を捧げたい——そんな気持ちにすらなる。

「あぁ、あ」

「力抜いて」

「や、ぁ……、……っく、……ぁあ……、あっ！」

ジリジリと僕を引き裂くキースの中心は、次第に深いところへと入ってきた。そして、半ば強引に腰を進められて僕は悲鳴にも似た声をあげた。

「や、や、——やぁぁああ……っ！」

その衝撃は、言葉にできなかった。

熱の塊。繋がった部分はいっぱいに広げられて、限界だった。躰が壊れてしまいそうだ。だけど、キースと繋がることができた僕がどれだけ満たされていたことか……。

「キー、ス……ッ、キース……ッ！　ああ……ぁ、……んぁ……あ」

「ぁ……、なつめ……っ、……っく、——なつめ……っ」

「やぁ、ああ、……んぁ……あ……ぁ」

キースは眉根を寄せ、腰を前後に動かし始めた。キースは味わうように深く挿入してきては、またゆっくりと出ていく。焦れったく感じるほどの動きに、僕は浅ましく欲しがる気持ちを抑えることができなかった。

もっと動いて欲しい。もっと、力強く僕を責め立てて欲しい。

自分でも驚くほど獣じみた欲望があふれ出して、僕を支配しようとしている。

「ああ、んあぁ……、や、……っく、……ぁあ」

キースが腰を使うたびに、僕ははしたない声をあげた。喉の奥から次々と溢れる嬌声にキースの中心はより張りつめていく。

「僕のなつめ……、僕のだ……、……っく」

「キースッ、キース……ッ」

「これが……っ、……はぁ……っ、セックス、なんだね」

「ぁ……っく、……ぅう……っく、ぁう……ッん、……んぁあっ」

キースとセックスをしている――そう思っただけで僕は自分の中から湧き出る悦びに溺れてしまいそうだ。

「かわいい、なつめ」

「キース、好き。……好き」

「これがかい？」

「んぁっ！」

グィ、と奥まで挿入されて、脳天まで突き抜けるような衝撃に見舞われた。

「コレが好きなのかい？」

「ちが……、キースが」

意地悪を言うキースは、なんてセクシーなんだろう。優しい彼も好きだけど、僕を虐めるキースも好きだ。

「意地、悪……」

「僕が意地悪なのは、君だけが知ってる」

「んぁっ！」

また深いところを突き上げられて、限界だった。もう、我慢できない。一緒に、イきたい。

「意地悪、して、意地悪……もっと」

「こうかい？」

「んぁあ、……そこ、……そこ……っ」

「急いじゃ駄目……、もっと、ゆっくり……」

「や……」

意地悪。キースの意地悪。

泣きべそをかきながら求める僕は、何度もそう口にした。欲しいのに、いつまでもオアズケされている気分だ。もどかしさに殺されてしまう。

「お願い、……キース、……おねが、い」

「なつめ……、もう一回、言って」

「……っ」

「もう一回、『して』って……言ったら、イかせてあげる」

「……して、……キース……ッ、……キース、……して、してっ！　――ぁああ……っ！」

いきなり奥を突き上げられると、激しさに連れていかれた。まるで嵐みたいだ。

「あ、あっ、……んぁっ！」

僕を見下ろしながら腰を使うキースの姿は涙で霞んでいたけど、それでも綺麗だった。ハッ、ハッ、と獣のような息遣いで、僕を追いつめていく。恍惚の表情。

連れていかれるまま高みに向かい、自分を解放する。

「や、もう……、もう……っ、——ぁぁぁあああ……っ！」

「なつめ……っ、——っく！」

キースは僕の中で激しく震えた。お腹の奥で迸りを感じ、そして彼を感じた。はぁ、と息をついて僕に体重を預けてくる彼を受け止め、繋がったままその重みを実感していた。

僕のキース。戻ってきてくれた。僕の愛した人は人間ではないかもしれないけど、それでも僕は今世界中で一番幸せだろう。

「……なつめ、大丈夫だったかい？」

心配そうに聞かれ、僕は思わず目を細めた。キースの躰を抱き締め、耳元で告白する。

「うん、大丈夫。……すごく、よかった」

「僕もだよ」

ギュッと抱き締め返され、目を閉じた。キースとこうしていられる日が来るなんて、信じられない。どうか夢でありませんように……。

うっとりとキースを眺めていると、僕の中のものが再び力を持つのがわかった。僕の中を圧迫する。

「ぁ……っ、……キース……」

「もう一回、いいかい?」

「え、でも……、――ぅん……っ」

唇を重ねられ、言葉を奪われる。『いいかい?』なんて聞いておきながら、一方的に始めるキースに人間っぽい身勝手さを感じた。だけどそれは、僕も望んでいるものだ。

「んあぁ……、……はぁ……っ」

吐息が熱を帯びていく。僕の正直な気持ちを代弁している。

再び僕の躰に火がつくのに時間はかからなかった。


愛し合ったあとのまだ熱の冷めない空気の中、僕は幸せの中に漂っていた。眠るでもなく、キースの腕の中でただ彼の存在を感じている。

「僕が未来に連れ戻されたのは、予定外のことだったんだ。だから僕も知らされてなかった」

キースは、未来に戻ってからの話をしてくれた。

突然呼び戻されたのは、アンドロイドの人権問題が取り沙汰されるようになってキースを過去に送った僕の子孫である一ツ木(ひとつぎ)一樹(かずき)さんの行動が問題視されたからだ。急遽、倫理委員会の

行う聞き取り調査でキースが証言しなきゃいけないことになった。

問題の解決に三年の歳月を費やしたが、キースの証言のおかげで彼が罪に問われることはなかったという。

「三年も……?」

キースのいないこの二年が、僕にとってどれだけつらいものだったか……。キースはそれ以上の時間を未来で過ごしたのだ。

「そんな顔をしなくていいんだよ。僕には、君に会えるという希望があった。でも、なつめにはなかっただろう。僕が消失したと思った。君のほうがよっぽどつらかったはずだ。一人にしてごめんよ」

僕は黙って首を横に振った。

確かにつらい時間だったけど、今こうしていられるのだ。もう忘れた。つらかった記憶なんて全部吹き飛ぶくらい、今は幸せだ。

「三年の間に、僕らアンドロイドにも愛する権利がある、愛する者同士悦びを味わう権利があるって認められたんだ。そして技術も進んだ」

キースによると、倫理委員会に一ツ木一樹さんから非人道的扱いを受けたことがないと証明できた直後に、人間と同じ肉体的な快楽を味わえるよう改良されたのだという。

「僕が戻った時は、実証実験が始まったばかりだったんだ。でも、三年の間に正式に搭載することが認められた。人と愛し合える躰になったんだよ。最新の技術だ。他にも休息を取るために眠ったり、今まで以上に食事を味わったりできるように改良された」

「すごい……」

キースが何者でも構わない。それがキースに対する気持ちに影響することはない。

だけど、人に近い機能を与えられたことは素直に嬉しかった。だって僕はキースと分かち合いたい。食事を味わう喜びも、肉体的快楽も、愛する人と共有したい。

つらいことも、楽しいことも、好きな人と分かち合うと苦しさは半減し、喜びは倍増する。それは僕がまだキースの感情がプログラムによる反応だと自分に言い聞かせていた頃、彼がテレビのドラマから学んだ言葉だ。

「本当は僕が未来に帰った直後に送り返して欲しかったんだけど、君につらい時間を過ごしてもらわなきゃならなかったのには理由がある」

「理由?」

僕の問いに、キースは小さく頷いてこう続けた。

「僕を過去に送るのには、かなりお金がかかる。一ツ木一樹さんは天才だけど、彼自身はお金を稼ぐのは上手じゃない。最初に僕を送る時もかなり無理をしたんだ。でも、僕が未来に戻ったことで変化が起きた。なつめの小説を足がかりに事業を始めた人がいて、もう一度僕をここに送るだけの財産を手にしたんだ」

「財産って……」

「ベストセラーになったんだよ。僕への気持ちを形にした小説だ」

「え……」

「本が売れるんだ。その恋愛小説がきっかけでなつめは有名になる。一ッ木一樹さんは、その小説が僕たちの話だって気づいたんだ。だから、僕のいない二年は必要だった」

信じられなかった。僕の小説が売れる。嬉しいけど、キースがいることの驚きで感情が麻痺(まひ)していて喜ぶ余裕がない。

僕の嬉しい感情のリミッターは、とうに振り切れている。

「でも待って。子孫って……僕は」

「確かに君の遺伝子を受け継いでるけど、君が誰かに子供を産ませたわけじゃない」

「でも、姉さんは……」

あーちゃんと別れて男の人を好きになるなんて考えられない。

キースの表情からも、それは違うとわかった。姉さんとあーちゃんも、きっとずっと一緒にいるのだろう。どんな形の愛でも貫いた。

それは僕にとっても喜ばしいことだ。だってあーちゃんは、姉さんにぴったりの素敵な人だから……。

「多分、本人から聞いたほうがいい。僕が言うのはなんだか違う気がするんだ」

「うん、わかった。じゃあもう聞かない」

僕はキースに腕を回してギュッと抱き締めた。『なんだか違う気がする』なんて言葉がその口から漏れたのが、嬉しかったのかもしれない。正確なデータから答えを弾き出すのではなく、感覚で判断する。それは、キースが人である証拠だ。

「ねぇ、けだるいっていい気分だね」

「疲れたの？」

「そうだよ。今の僕は疲労も感じられるんだ。でも、心地いい疲労だ」

少し虚ろな瞳から、僕も今感じている感覚と同じものを共有しているとわかった。キースの感覚がより人間に近くなっていることを実感するにつけ、僕の幸せも大きくなる。

そんな幸運の海に浸かりながら、僕は僕を連れ去る優しい睡魔に身を委ねた。

夏が終わろうとしていた。

蚊取り線香の匂い。夏休みの匂いだ。

カナカナカナカナ……、と草むらで虫が鳴いた。夏の終わりによく聞く虫の音は、楽しかった日々の終わりを予感させる。まだ笑っていたいのに、楽しい時間は永遠じゃないと思わされるのだ。虫の声は、過ぎゆく時間への愛おしさを呼び起こす。

だけど、好きな人が隣にいるとそんな切なさも悪くはない。

「今日は涼しいね」

「うん、寒くないかい?」

「大丈夫。ブランケットもあるし、ちょうどいいよ」

ログハウスのベランダに出た僕たちは、寝そべって夜空を眺めていた。満天の星空。降ってきそうなほどたくさんの星が輝いている。ずっと見ていると、吸い込まれそうだ。

ようやくキースとの約束を果たすことができた僕は、広がる星空のあまりの美しさに圧倒されていた。もう三十分はこうしているけど、まったく飽きない。こんなに長い時間夜空を眺めたのは、はじめてだった。

朝までこうしていたっていい。

「ねぇ、あれがヘルクレス座だって。五番目に大きい星座だよ」

「どこ?」

「あれだよ、ほら。あんまり明るい星じゃないけど、Hの形で並んでる」

僕は星座のパンフレットをペンライトで照らして目の前の夜空を見比べて指差した。キースが顔を近づけてきて、僕の手元と夜空を交互に見る。

「あ、ほんとだ。ちゃんとある」

ふふ、と笑い、星座と神話の本を開いた。今度は分厚い本だったため、キースがペンライトを持って照らしてくれる。僕は有名なヘルクレス座にまつわる神話を、声を出して読み上げた。勇敢なヘルクレスを襲う呪いと数奇な運命。

「へぇ、面白いね。昔の人って僕たちみたいに空を見上げながら、壮大な物語を思い描いてたのかな。なつめは神話にも詳しくてすごいね」

「ううん、違うよ。ここに来るからちょっと調べただけだよ。でも、いざ調べてみると興味深い。これからまた掘り下げてみようかな。小説にも役立つだろうし」

「なつめらしいね」

「え、何が？」

「なんでも小説を書くための糧にしようとする。普段は欲深くないのに、そういうところだけは貪欲だよね」

「え、そうかな。普通に欲深いと思うけど。つめ放題の野菜とかビニール袋伸ばしていっぱい入れちゃうし」

あはは、とキースが声をあげて笑った。そんなにおかしいことを言っただろうか。

「そんななつめが好きだよ」

「なんかあんまり褒められてる気がしない」

「え、そうかな」

キースは少し躰を離して僕を観察するように見ると、笑いながらこうつけ加えた。

「あ、そうだ。欲深いところがもう一つあった」

「何？」

耳元に唇を近づけてきて、キースが小声で囁く。それを聞いた僕は耳まで真っ赤になった。

「なっ、そっ、そっ、そんなこと……っ」

「だって昨日も、すごく……欲深かった」

「——っ！」

意味深な目をされてキースの顔を見られなくなり、寝そべったまま横向きになって背中を見せる。すると、背後から抱き締められた。

うるさく鳴る僕の心音がキースに聞こえていそうでますます落ち着かない。

「どうして顔を隠すんだい？」

「キ、キースが変なこと言うからだろ……っ」

「耳まで赤い」

「ちょ……っ、耳っ、囓らないで！」

「囓ってないよ」

唇で耳たぶを優しく挟まれた。だけどキースは僕を抱き締めたまま、それ以上求めてくることはしない。力強い抱擁で僕を落ちつかせてくれる。

「こんなふうになつめといられるなんて、僕は本当に幸せだ」

「……うん。本当に、そうだね」

一時は失ったと思っていただけに、その思いはひとしおだ。

キースがなぜ消失せずにいられたのか――。

僕がその真相に辿り着くことができたのは、キースが戻ってきた日の週末だった。


「あーっ、何あんた！　なんでこんなところにいるのっ！」

週末に現れた姉さんは、キースを見るなり胸倉を摑む勢いでそう叫んだ。事前連絡はあったけど、僕が潰した空き缶を裏のゴミ箱に入れに行っている間にやって来てキースと鉢合わせをしたのだ。最悪のタイミングだ。

家の事情でイギリスに帰ったというのが嘘だと見抜いていた姉さんの中で、キースは『弟を捨てた男』という認識だった。

「ちょっと！　平然といるけどね、弟を悲しませておいてヨリを戻そうっての？」

「すみません」

「なつめも！　あんた騙されてんじゃないのっ。あんた何ヶ月もボロボロだったのに、この男を信用していいのっ！」

「違うよ、キースのせいじゃないんだ」

「嘘ね。家の事情で帰っただけなら連絡くらいするでしょ？　連絡取り合ってる様子なんてなかったもん」

「ほ、本当だって。色々と複雑な事情があるんだよ。だから、キースが僕を捨てたわけじゃないんだって」

姉さんはしばらく疑いの眼差し（まなざし）をキースに向けていたが、僕を見て深呼吸した。自分を落ち着かせるためだろう。僕がいいと言っているのだ。昔から本人の意志を尊重する人だった。カッとなって責めただけで、僕たちのことに口出しするつもりはないらしい。

「いいわ。なつめのバックには私がついてるのを覚えておいて。二度となつめを悲しませないで」

「神に誓って……」

右手を挙げて神妙な面持ちで言うキースに姉さんは納得したようだった。言葉で説明するよりもずっと説得力があったのだろう。

「ところで姉さん、何か話があって来たんだよね」

「あ、そうそう。自分の用件忘れるところだったわ」

リビングのソファーに促され、僕たちは並んで座った。姉さんはその前だ。

「えー」

コホン、と咳払いをし、背筋を伸ばす。

「あたしね、子供を産むことにしました」

「え、まさかあーちゃんと別れて……」

「──別れてないわよっ！　今さら私が男を好きになるわけないでしょ」

「だ、だよね」

どういうことなんだとキースを見ると、「もう知ってる」という顔で笑みを浮かべている。

「ずっとね、あーちゃんと子供が欲しいねって言ってたの。養子って手もあったけど、できれば私の遺伝子を持った子がいいってあーちゃんが。だから、精子を提供してもらって……なんて選択もありかなって思ってるんだ」

「そ、そっか……。えっと……いい選択だね。あの……おめでとう」

戸惑いながらも、僕はなんとかそれだけ言った。姉さんが子供を産むなんて絶対にあり得ないと思っていたけど、そういう考えなら大賛成だ。

姉さんの子供──考えただけでワクワクする。

「産むことにしたって言ってもすぐに妊娠できるわけじゃないけどね。男女のカップルだってセックスすりゃ必ずできるってもんじゃないし、茨の道よ」

「楓子さんなら大丈夫ですよ。茨だってどんどん踏みつけていくでしょう？」

「言うわね」

姉さんはニヤリと笑った。

「精子バンクにするか、ゲイの友達に頼むか……これからいっぱい悩まなきゃ。でももう心は決まってるの。海外に行く必要があるならそうする。あーちゃんと二人で乗り越えてくわ」

姉さんのすがすがしい表情を見ていると、幸せなんだとわかった。愛する人とずっと一緒にいると決めたからこその決断だ。


「どうしたんだい?」

キースに声をかけられて、背中から抱き締められる格好のまま僕はゆっくりと振り返った。こめかみに唇を押しつけられて目を閉じる。再び前を向くと、キースは僕の首筋に顔を埋めてきた。

性的な触れ合いではない、情愛の抱擁に僕の心は穏やかになっていく。

「うん、姉さんが戻ってきたキースを見た時のことを思い出して……」

「ああ、殺されるかと思ったよ。すごい勢いだったね」

「ずっと僕を捨てたと勘違いしてたみたいだから……。姉さんは子供の頃から、僕の強い味方なんだ。早く姉さんに子供ができるといいな」

「そうだね。でも心配はいらないよ。僕が存在してるんだ。未来は明るい」

キースの言うとおりだ。姉さんはいずれ子供を産む。望まれて産まれた子は、きっと幸せになるだろう。

僕はキースに抱き締められたまま、もう一度空を見上げた。草むらのほうからまたカナカナカナ……、とひぐらしの声が聞こえてきて、なぜか胸が締めつけられる。

「ねぇ、キース。どうしてみんな星を眺めたり虫の声を聞いたりするんだろう」

「どうしてかな。風情があって僕は好きだな。なつめは？」

「うん、僕も好きだ。特にひぐらしの声って、切なくていとおしくなる」

「ずっと傍にいるよ、なつめ。僕はずっと君の傍にいる」

「……キース」

噛み締めるような言い方に、僕らを待っている未来が今みたいな幸せだけでないことを悟った。先に気づくなんて、君はなんて優しいんだ。

目頭が熱くて、そして嬉しくて、幸せだった。

「途中で僕が壊れるかもしれない。腕が動かなくなったり、声が出なくなったり、何か不具合が出るかもしれない。すべての機能が停止することだって……。自分の意志で未来に行けない僕にそれを修理する手段はない」

「うん」

そうだ。キースは今の技術では修理できない。車に轢かれそうになったきなこを助けた時のように、突然何かのトラブルに巻き込まれる可能性もある。死は、常に僕たちの傍で己の出番を待ち構えている。

だけど、それは人間も同じだ。約束された未来など、誰も手にできない。

「それでも傍にいるから安心して」

「うん。いいんだ。キースが傍にいてくれるなら、どんな形でもいい」

星空の下で僕たちはそう約束した。ずっと傍にいる。

それは、一人だけ年老いていく僕への誓いでもあった。キースが言うように、この先彼が壊れたり、完全に機能が停止したりすることは十分考えられる。それらを全部回避しても、いつか僕はキースを置いて死ぬ。

どんな終わりを迎えるかわからない未来。だけど確かなことが一つだけある。

病める時も健やかなる時も、僕たちは手を取り合って生きていく。

死が二人を分かつまで――。

エピローグ

屋根裏部屋は、一見時が止まっているかのようだった。窓から降り注ぐ光がうっすらと中を照らし、光と影が何の変哲もない景色を絵画にする。

壁際に積み上げられた荷物は埃を被り、眠りについている。

ガタン、と音がすると、床の一部が正方形に切り取られた。備えつけのはしごが下ろされ、人の頭が覗く。顔を出したのは、柔和な顔立ちの男性だった。歳は三十歳前後だろう。

「すごい埃だな」

彼は屋根裏に上ると歩きながら全体を見て回り、窓枠についていた埃を指で拭った。

この別荘は両親が残してくれたもので、先祖代々受け継がれてきた。ここだけが時間から取り残されたように、昔ながらの佇まいを保っている。一度建て替えたと聞いているが、人が住んでいたことはほとんどない。

宇宙旅行が一般的となり、アンドロイドも高級品でなくなりつつあるのに、ここは百年以上前の日本の姿のままで不便極まりなかった。

なぜ、そんな別荘を大事にしているのか……。

男性は——一ツ木一樹は、大きな箱と箱の間にある白い布の前に立った。家具か何かに布を被せただけのようなそれは、昨日見た時はなかった。ここに現れたのは今朝だろう。

手を伸ばし、布をそっと外す。

出てきたのは、白いスーツを着た金髪の美しいアンドロイドだ。

「お帰り、キース」

長い時間の旅をしてきたキースにそう声をかけ、目を細める。

今朝、一ツ木はキースを愛した人のもとへ彼を届けるべく、二度目のタイムスリップへと送り出したばかりだった。過去へ送られたキースは一ツ木家の秘密として代々受け継がれ、もとの持ち主である彼のところへ戻ってきたのだ。

数時間ほど前、生き生きとしたキースに別れの言葉をかけたばかりだというのに、目の前のアンドロイドは長い時間の旅を経てすっかり古くなっていた。艶やかだった肌はくすんだ部分が目立ち、プラチナブロンドもどこか色褪(いろあ)せている。けれども幸せそうで、今朝のキースに比べてずっと満たされた顔をしていた。それは、キースが過ごした時間がどんなものだったかを物語っている。

「まさか、君がそんな顔をするなんてね」

きっかけは、一ツ木が手にしたUSBメモリだった。

奇跡的に残っていたそれは、ブリキのおもちゃなどアンティークの雑貨や記念硬貨などと一緒に大切に保管された箱の中にあった。ＵＳＢメモリというすっかり廃れた媒体から拾い上げたのは、書きかけの小説だ。

名画など、描いた本人が亡くなった後に評価されて価値が出てくるなんてことがある。そんな可能性を期待して、先祖が大事に取っておいたのかもしれない。完成すらしていないものが評価されるとは思えなかったが、読んでみようという気になった。あの時、捨てなくてよかったと思っている。

一ツ木なつめという先祖が書いた小説は、一ツ木の心を一瞬で虜にした。

この時代ではすでに失われている美しい自然の描写や、それとリンクするように表現される主人公たちの想い。喜び、悲しみ、葛藤。時には、憎しみも描かれていた。

美しいだけではない、人間の本質――。

続きが読みたくて、将来科学者になってタイムマシンを作り、過去に行って小説を最後まで書いてもらおうと心に決めた。八歳の頃だ。

自分ではなくアンドロイドを送り込んだのは、人で試したことがなく、人間では安全性が担保されないからだ。

「キース、幸せだったかい？」

そう聞いても、機能停止したアンドロイドは答えない。

一ツ木はキースを二度も過去に送った。

一度目は、自分がタイムマシンを発明するきっかけとなった小説の続きを一ツ木なつめという先祖に書いてもらい、さらにたくさんの作品を残してもらうために。

二度目は、人の心を持って戻ってきたキースを再び彼のもとへ届けるために。

「本当にすごい進歩だったよ」

最初にキースを過去に送った時、すでに一年以上執事として使っていた。それなりに人とのコミュニケーションが取れるようになり、どんな仕事もこなせるようになって、ＡＩは上手く学習していた。過去に送られたキースが与えられた役割を忠実に果たしていることも、この時代に起きている変化でわかった。

だが、キースを過去に送って一年も経たないうちに、アンドロイドの人権問題で急遽過去からキースを連れ戻すことになった。再会したキースを見た時の衝撃は忘れない。優秀な執事は、驚くほどの進化を遂げていた。

しゃべり方。表情。そして、感情。

なんでも完璧にこなすアンドロイドという意味では、逆に不完全になったのかもしれない。感情らしきものを手にした彼は、もう一度過去に行きたいと訴えた。

『僕が消失したと思って、なつめが泣く……っ』

彼らは、恋をしていた。愛し合っていた。そして、そのせいで生まれるはずの子孫が誕生しない可能性に怯えていた。一ツ木もあとで知ったのだが、一ツ木なつめという人はもともと子をもうけておらず、二人が愛し合っても消える命などなかった。

一ツ木なつめという人は、キースとどんなふうに過ごしたのだろう。そう思い、キースをここまで変える彼の人柄のよさに感心した。同時に、彼が残した小説がなぜ人の心を打つのかわかった気がした。

そして、キースをこちらに戻したことにより起きた新たな変化。

恋愛小説をほとんど残していなかった『棗いつき』の作風が変わっていたのだ。より人の心に寄り添ったものになった。唯一恋愛をメインにした小説がベストセラーになってからの活躍はめまぐるしい。

「無事に再会できたんだね」

今朝、キースを送り出す時、彼はようやく愛する人のもとへ行けると喜んでいた。ドキドキするとも言っていた。離れていた間も、彼の心はただ一人のものだった。

二度目のタイムスリップにかかる費用のためキースのいない二年の月日が必要だったが、キースを愛した人はどれほどつらかっただろう。せめてもの償いに新しい機能をつけたが、いい贈り物になっただろうか。

その時、一ツ木はキースのスーツの胸ポケットに何か入っていることに気づいた。手を伸ばし、ポケットからそっと抜く。

「手紙……？」

心臓がトクンと鳴る。

一ツ木なつめからの、自分宛てに書かれたものだ。封をしたままということは、これを開けずに届けるようキースに言ったのだろう。人の心を手にしても、アンドロイドの忠実さは残っているのかと微笑ましくなる。

微かに変色したそれを破らないよう、ゆっくりと開けてみる。糊(のり)が乾いていたため簡単に開いた。

拝啓

はじめてお手紙差し上げます。自分の子孫に手紙を送るのは、何やらおかしな気分ですね。これが届いたということは、無事にキースをお返しできたということでしょう。あなたのもとへ彼を届けてくれた僕の甥(おい)やその子供、さらにその子供たちに感謝します。

早速ですが、キースについてお伝えしたいことがあって筆を執りました。

今、彼は右手が動きません。左目も見えなくなりました。少しずつ不具合が出てくる彼は行動にも制限が出てきましたが、それでも僕たちは幸せです。満たされた人生を送っています。

ですが残念なことに、僕は両親と同じ病に冒されてしまいました。僕は今、病床でこれを書いています。余命はあと半年、長くても一年ほどだそうです。

それを知った時のキースは、子供のように泣きました。涙こそ流しませんでしたが、左腕だけで僕を抱き締めてしばらく離れませんでした。

まったく修理をしない状態だと、アンドロイドの寿命は七十年ほどだそうですね。大きな事故に巻き込まれたりしなければ、彼は僕なしの人生をあと五十年は過ごすことになります。キースを置いていくには、少し早すぎたようです。

僕が死んだあと彼が苦労しないか心配ですが、キースが無事にあなたのもとに届くよう、できる限りのことをしました。

キースがあなたのところへ戻ったら、修理をするでしょう。未来ではキースの躰をそっくり新しくすることもできると聞きました。

そこで一つお願いがあります。できればその時に、僕に関する記憶を消してあげてください。

ご存じのとおり、僕は彼を愛してしまいました。彼も僕を愛していると言ってくれました。彼には人間と同じ心があります。星を眺め、風を感じ、花を愛(め)で、季節の移ろいに心を動かします。彼はもう人格のある一人の人間です。

ですが、躰は何度でも蘇ります。彼に僕の記憶を抱えたまま生きていろというのは酷な話です。すでに長い年月を僕の思い出だけで生きているはずです。これ以上、彼に寂しい思いをさせたくありません。

ですから、彼を修理する時に僕に関する記憶を消してあげて欲しいのです。

生きることは、忘却でもあります。忘れることで、僕たちの過ごした時間がなくなるわけではありません。僕たちの時間は、永遠に生き続けます。

死が僕たちを分かった今、彼の中にある僕の記憶を消してください。

身勝手ですが、これが僕の願いであり、遺言です。

敬具

一ツ木なつめ

一ツ木一樹　様

それは、ある意味恋文でもあった。

人間の何倍も生きながらえることのできる相手への、思い遣りだった。この一途で切実な想いを抱きながら亡くなった彼の願いを、叶えてあげたい。しかし――。

難しい問題を前に一度心を落ち着けようと、一ツ木は踵を返してキースに背中を向けた。

「風でも通しておくか」

カビ臭い部屋の換気をするため、窓を開ける。

入り込んでくる風は心地よかった。澱んでいた空気が掻き回されて外気と入れ換わる。深呼吸し、心の中で自分に問う。

彼の願いを叶えるべきか、否か。

その時だった。

キースの目が、うっすらと開いていることに気づいた。近づいてじっと見るが、半眼のままだ。窓から入った光が顔に当たっている。

まるで人間が眠りから目を覚ましたようなぼんやりとした表情――彼がうっとりとしているように見えた。幸せそうな目をしている。見ているのはこのカビ臭い部屋の様子ではなく、どこか遠く――いや、遠くにいる誰か――彼の愛した人だろう。

まだ動くのか。

本来ならとうに機能停止しているキースが、こうしてうっすらと目を開くことだけでも奇跡だ。目が潤んでいるように見える。光が当たってキラキラしていた。とても綺麗だ。

さらに動き出す唇に、ゴクリと唾を呑む。

次に何が起きるのか――心臓がトクトクと鳴るのを自覚しながら、じっと見ていた。

「……なつめ」

しゃべった。

心臓が大きく跳ねる。息を殺していたが、瞼(まぶた)は再びゆっくりと閉じて動かなくなった。しばらく観察してみたものの、再び動き出す様子はない。

深呼吸し、緊張を解く。

耳に残る『なつめ』という名前。

とても綺麗な声だった。自分が知っているのと同じ声のはずなのに、これまでと違って聞こえたのは、やはり感情によるものだろう。優しく響いたそれは、誰かに語りかけていたように聞こえた。ここにはいないが、キースの目にはその人が映っていたのかもしれない。

機能停止しているはずの彼が、なぜ動いたのか。

科学では説明できないことが、この世には山ほどある。きっとキースは、一ツ木なつめの記憶を消さないでと、そう言いたかったのだろう。

僕から彼を奪わないで、と……。

アンドロイドと恋をした人。彼は、自分の想い出をずっと抱えて生きていかなければならない恋人のために、自分に関する記憶を消してくれと手紙にしたためた。それは正しいことかもしれない。半永久的に生きられる者に、限りある命を生きた恋人を覚えていろというのは残酷だ。

「キースの記憶は消さないよ。俺には消せない」

まるで彼がここにいるように語りかけ、こう続けた。「……でも、修理もしない」

キースは生き抜いた。人の心を持ったアンドロイドは、人として生き抜いたのだ。修理などする必要はない。

このまま恋人の思い出とともに朽ち果てていくのがいい。きっとそれが幸せだ。

「おやすみ、キース」

永遠に――。

そう心で伝え、一ツ木はかけてあった布を再びキースに被せた。

あとがき

こんにちは。もしくははじめまして。中原一也(なかはらかずや)です。

この話を書くきっかけは、担当さんの「中原さんのドラ○もんが読みたい」でした。はじめは「?・?・?」だったのですが、よくよく話を聞くと未来から誰かが来ることによって運命が変わる、というお話だったようで……。それを聞いて「面白そう!」と飛びついたのです。

最初に出したプロットは今のとは随分違っていてコメディ色が強いものでした。主人公のなつめは『卓球スポ根漫画を描いた漫画家』で、全体の雰囲気はドタバタコメディ。キースも最初はアンドロイドではなく人間でキャラのタイプもまったく違いました。未来から来た人が現代との常識の違いに右往左往しつつ、卑屈で根暗のオタクの主人公と一緒に成長する、といった笑いのほうが多い話でして……。

ですが、担当さんのアドバイスにより『未来から誰かが来て運命が変わる』という設定が、恋愛に生かされていないなと気づいたのです。ドタバタも面白いかもしれませんが、せっかくの設定がコメディ方向に作用するばかりで、恋愛には大きく関係してこないなと。

そこで自分の中にあるもっと別の抽斗を開けてみようと試行錯誤しました。そして、今回の物語になったというわけです。

いかがですか。開けた抽斗は間違っていなかったでしょうか。

個人的にはすごく気に入っています。エピローグは賛否割れそうですが、このラストシーンは二人の物語を書いていて、自然に浮かんできたものです。実はラストシーンってのは物語がちゃんと書けていれば深く考えずとも自然と浮かぶものだと教わりました。ですので、どうしてもこのラストにしたかったのです。

読者さんにも好きになっていただけるといいですが。

気に入っていると言えば、真島先生がお気に入りです。私がこの話の中に入ったら、なつめと一緒に「真島先生っ！」とキラキラした目で眺めるでしょう。

商業で仕事をするメリットはたくさんありますが、その一つは自分だけでは思いつかなかった話が書けるということです。担当さんの「中原さんのドラ○もんが読みたい」という言葉がなければ、この話は生まれなかったでしょう。

担当様、ご指導していただきありがとうございます。これからも宜しくお願いします。

イラストを担当してくださった笠井（かさい）あゆみ先生。美麗なイラストをありがとうございます。

そして読者様。私の作品を手に取って頂き、ありがとうございます。私の本が皆様に素敵な読書タイムをご提供できればと願うばかりです。またどこかでお会いできれば幸いです。

中原　一也

この本を読んでのご意見、ご感想を編集部までお寄せください。

《あて先》〒141－8202　東京都品川区上大崎3－1－1　徳間書店　キャラ編集部気付
「拝啓、百年先の世界のあなたへ」係

【読者アンケートフォーム】
QRコードより作品の感想・アンケートをお送り頂けます。
Ｃｈａｒａ公式サイト http://www.chara-info.net/

■初出一覧
拝啓、百年先の世界のあなたへ……書き下ろし

拝啓、百年先の世界のあなたへ

……【キャラ文庫】

2020年9月30日　初刷

著者　中原一也
発行者　松下俊也
発行所　株式会社徳間書店
〒141-8202　東京都品川区上大崎3-1-1
電話　049-293-5521（販売部）
　　　03-5403-4348（編集部）
振替　00140-0-44392

印刷・製本　図書印刷株式会社
カバー・口絵　近代美術株式会社
デザイン　百足屋ユウコ＋モンマ蚕（ムシカゴグラフィクス）

ISBN978-4-19-901004-0

中原一也の本

好評発売中

［街の赤ずきんと迷える狼］

イラスト◆みずかねりょう

氾濫する薬物と組織犯罪から社会秩序を守るため、酒と煙草の違法入手が禁じられた未来——赤いマントを纏い、夜の街を華麗に徘徊する謎の運び屋「赤ずきん」。標的に追うのは警視庁の特殊部隊≪ウルフ≫の捜査官・向井(むかい)だ。人目を引いては警察を翻弄してくる男を、次こそは捕まえる!!　男の身のこなしに只者じゃない風格を感じていたある日、男がなんと元ウルフの創設メンバーだったと判明し…!?

中原一也の本

好評発売中

「花吸い鳥は高音で囀る」

イラスト✦笠井あゆみ

俺は本当に人間なのか…
宿命に脅える捜査官と調教師の数奇な邂逅!!

美しい高音で囀り、時には人を喰らう妖鳥に変化する鳥人『眼白』――。高値で闇取引される眼白の保護に奔走する警視庁捜査官の白井。実は眼白の証である隈取りを化粧で覆い、己の正体を隠していた。そんなある日、人身売買の黒幕の手がかりを求めて訪れたのは、伝説の『鳴かせ屋』調教師の鵙矢。初めは一切協力しないと豪語していたのに、白井を見た途端、なぜか潜入捜査を買って出て!?

中原一也の本

好評発売中

「魔性の男と言われています」

イラスト◆草間さかえ

幼稚園では園児を惑わせ、小学校では教師を狂わせる――男に惚れられるフェロモンの呪いで、平凡な地味顔なのに恋愛沙汰が絶えない名波（ななみ）。住む場所を失くして身投げする寸前を救ったのは、漆喰職人の比嘉（ひが）だ。「俺は呪われた血なんて信じねえぞ？」曲者揃いの職人達から男惚れされる比嘉の力強い言葉――今度こそ平穏な人間関係が築けるかも…？　名波は比嘉の下で職人見習いをすることに!?

中原一也の本

好評発売中

［愛と獣 ―捜査一課の相棒―］

イラスト✦みずかねりょう

連続猟奇殺人の被害者は、過去の凶悪事件の犯人!!　それでも救わねばならないのか…!?　犯罪への怒りと犯人への共感に揺れる新人刑事の泉(いずみ)。実は過去に無謀な飲酒運転事故で家族を亡くしているのだ。そんな泉を支えるのは相棒の一色(いつしき)――事故現場に居合わせ、泉が刑事になろうと決心したきっかけの男だ。「お前を闇には堕とさない」――頼もしい相棒と刑事の矜持を懸け、サイコパス犯に挑む!!

中原一也の本

好評発売中

「負け犬の領分」

イラスト◆新藤まゆり

涼しい顔でクレーム処理をこなす、有能なお客様係――その実は、ストレス解消で深酒しては記憶を失くし、通報されるトラブル体質!? いつものようにある朝、養豚場で目覚めて、警察に突き出されてしまった神木。窮地を救ったのは、無精髭の元刑事で私立探偵の苫澤だ。「愚痴をいうお前もかーいいなぁ」仕事に疲れた神木を甘やかしてくれる心地よさに、足繁く事務所に通うようになり…!?